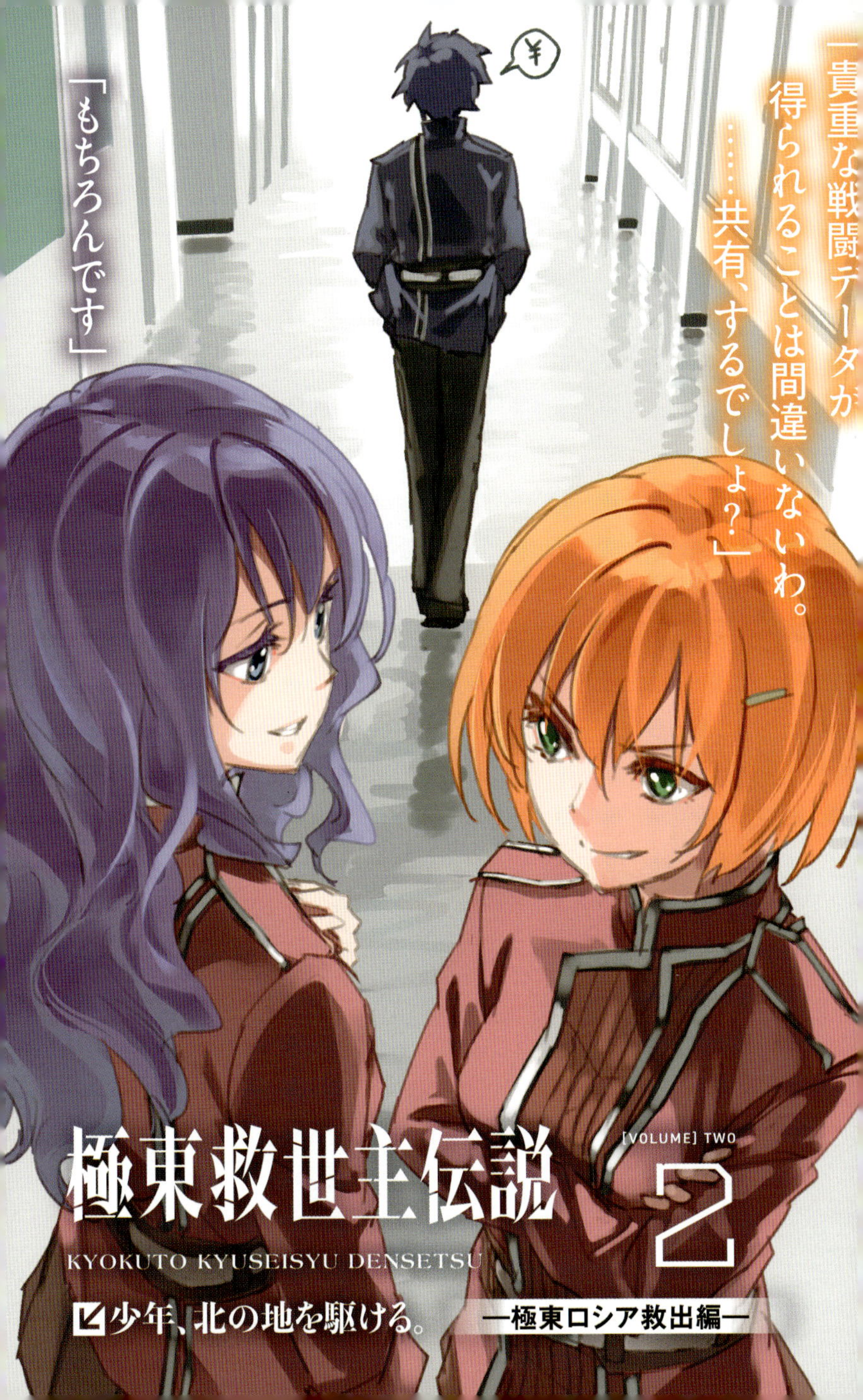

¥
「貴重な戦闘データが得られることは間違いないわ。……共有、するでしょ？」
「もちろんです」
極東救世主伝説
[VOLUME] TWO
2
KYOKUTO KYUSEISYU DENSETSU
少年、北の地を駆ける。
—極東ロシア救出編—

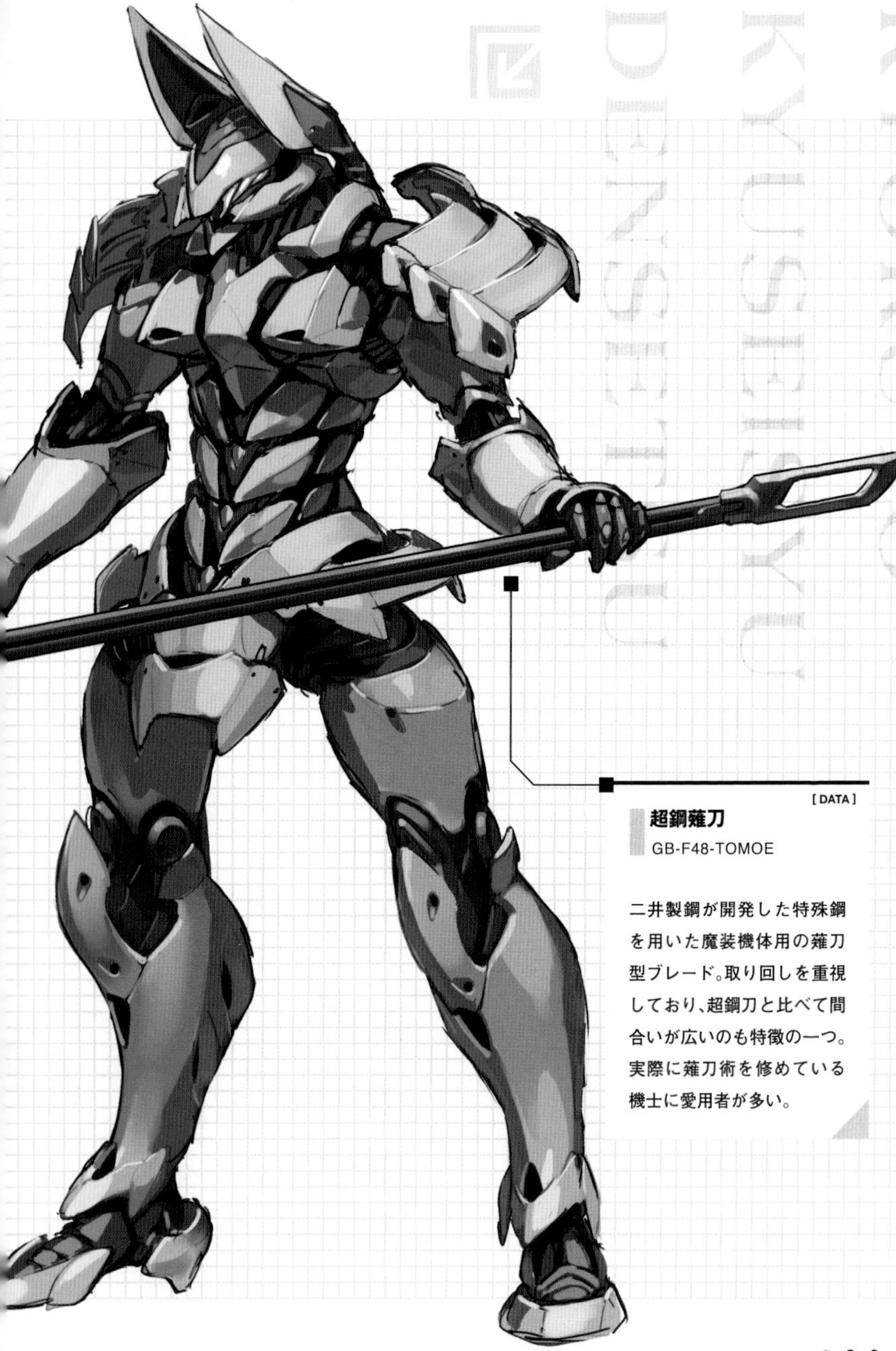

[DATA]

超鋼薙刀

GB-F48-TOMOE

二井製鋼が開発した特殊鋼を用いた魔装機体用の薙刀型ブレード。取り回しを重視しており、超鋼刀と比べて間合いが広いのも特徴の一つ。実際に薙刀術を修めている機士に愛用者が多い。

[M E C H A N I C A L　D E S I G N]

[機体名]

草薙

[体高] 5.9m

[重量] 15t
(機体本体の重量のみ)

国防軍で制式採用されている魔装機体。「標準型」と呼ばれる人型タイプで、日本では「草薙型」と呼ばれている。ベースになっているのは鬼系の魔物であり、人間の動きをトレースできるのが最大の特徴。刀剣や薙刀、銃など武装の選択肢も豊富なため汎用性が高く、乗り手本人の修める武術を再現できるため、武家の出身者などは好んで搭乗する。習熟度によって大きく戦闘能力が変わるが、操縦難易度自体は低めで、戦闘以外に重機としての役割も果たすことができる。国防軍では本隊や先発部隊に配備されることが多く、戦力の中核を成す機体。

[DATA]

超鋼盾
SD-F50

二井製鋼が開発した特殊鋼を用いた片手盾。草薙が装備する一般的な装備の一つであり、回避行動が困難な際に機体の損傷を大きく軽減できる。ただし、大型の魔物に対してはやや力不足。

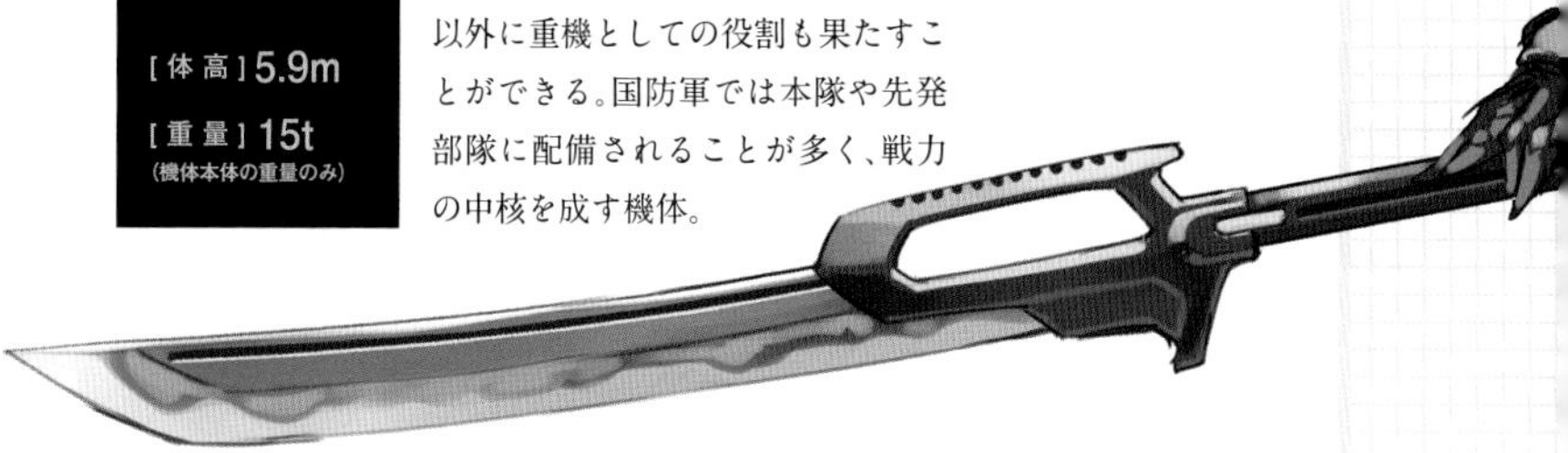

[DATA]

40mm機関砲
GA-MT53-HACHI

水戸立製作所が開発。政府からの無茶ぶりに応えた結果、高い連射性と火力を備えた傑作となった。面制圧力に優れており、数が多い小型や中型の魔物を相手にする際の必須装備となっている。

[DATA]

超鋼刀
BD-F50-TOTUKA

二井製鋼が開発した特殊鋼を用いた魔装機体用の刀型ブレード。魔力を込めることで、魔物が展開する魔力障壁を斬り裂くことも可能。片手でも両手でも扱える癖のなさが最大の長所であり、近接戦闘兵装として高い人気を誇る。

[CAUTION]

KUSANAGI

「お言葉はありがたく。
ですが我が忠義はすでに天皇陛下その人に捧げております故、
その御誘いはお断りさせていただきます」

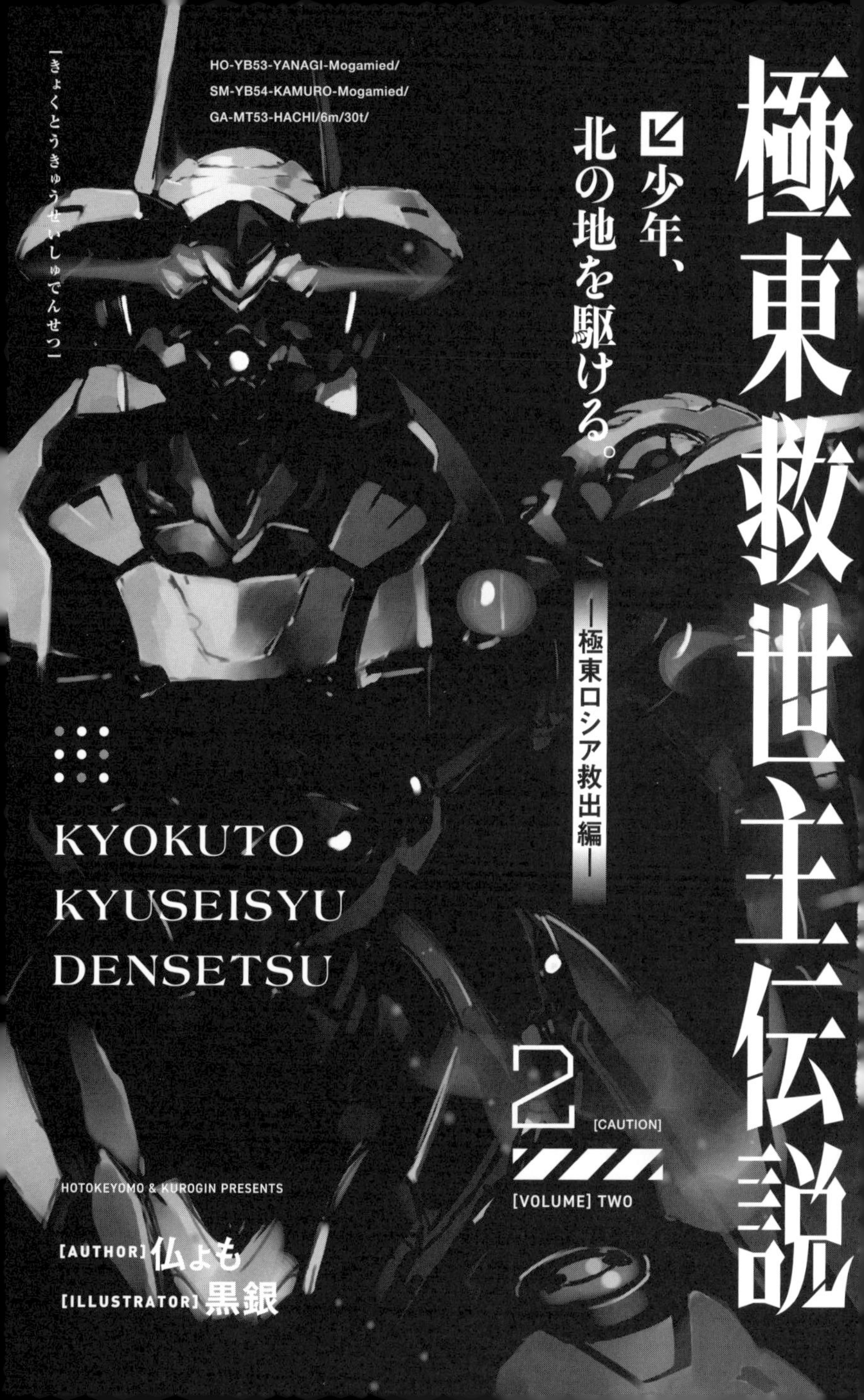

極東救世主伝説

2 少年、北の地を駆ける。

—極東ロシア救出編—

「きょくとうきゅうせいしゅでんせつ」

HO-YB53-YANAGI-Mogamied/
SM-YB54-KAMURO-Mogamied/
GA-MT53-HACHI/6m/30t/

KYOKUTO
KYUSEISYU
DENSETSU

2 [CAUTION]

[VOLUME] TWO

HOTOKEYOMO & KUROGIN PRESENTS

[AUTHOR] 仏よも
[ILLUSTRATOR] 黒銀

口絵・本文イラスト
黒銀

装丁
AFTERGLOW

CONTENTS

KYOKUTO KYUSEISYU DENSETSU

「きょくとうきゅうせいしゅでんせつ」

[CAUTION]

HOTOKEYOMO & KUROGIN PRESENTS

一九四三年
第二次世界大戦中。形勢が不利となりつつあった欧州のとある国の国家元首が、自国と敵国の兵士を生贄とした悪魔召喚の儀式を決行。最初の悪魔の召喚に成功する。
召喚された悪魔は生贄にされた人間の中で生き残っていた人間に己の因子を与え、眷属とした。これを魔族と呼ぶ。
魔族と共に大量の人間を殺した悪魔は、それを贄として新たな悪魔を召喚。召喚された悪魔は最初に悪魔を召喚した国家元首を殺害し、悪魔は契約の軛から解き放たれた。一連の事件による混乱によって人類同士の争いが一時停止。第二次世界大戦は勝者のないまま終戦を迎える。

一九四四年
終戦を受けて日本軍が大陸から撤退。

一九四五年
満州が李氏朝鮮などと共に中華民国とロシア共和国――ソ連の構成国――の支援を受け合併し日本からの独立を宣言。朝鮮半島と大陸北東部を領土とする朝鮮共和国が誕生する。
欧州に於いて、召喚された悪魔がさらにたくさんの人間を殺し、別の悪魔を召喚するという負の連鎖が発生。最終的に召喚された悪魔は40体を超えるとされる。そのうちおよそ半数が南北アメリカ大陸に渡ったため、アメリカ大陸でも悪魔と人間の戦争が勃発することになる。

一九四六年
悪魔の攻撃にさらされて苦難に陥っていた欧州の国家と、散発的にではあるが悪魔の攻撃を受けていた中東の国家やアフリカの国家が軍事同盟を締結。

一九五×年
悪魔同士の勢力争いに敗れた悪魔[redacted]が人間側に寝返り、各種技術提供を行う。魔晶の研究と機体の開発が開始される。人類による反攻作戦である第一次救世主計画が産声をあげた。

一九五×年
初代となる機体が完成する。欧州での呼び名はカマエル。救世主計画によって特殊な因子を持たされた子供たちが機体の操者となって戦場を駆けるようになる。

一九五×年
欧州戦線が拮抗する中、魔族や魔物を葬ることができる機体の性能に目を付けた中華民国が対人間用の機体を開発。近隣諸国を手中に収めるための侵略戦争を開始。

一九六×年
日本に於いて対機体用の機体である国綱が開発され、中華民国から侵略を受けていた各国に輸出される。

一九六×年
諸国から反撃を受けた上、国内での暴動が起こり中華民国が解体される。雍・益・荊・冀・揚・幽の6つの州による連邦議会制となり、中華人民連邦へとその名を変える。

一九六×年
中華人民連邦が欧州から流れてきた複数の悪魔による侵攻を受ける。6つある州のうち西北・西南・中南に分類されていた、雍・益・荊の3州を制圧される。

一九七×年
東南アジアにも悪魔が侵攻。インドネシア、フィリピン、ティモール、台湾、ブルネイ、日本といった島国を除くほぼ全域が戦場となる。

一九七×年　インドネシアやフィリピンなどの島国でも悪魔が確認されるようになる。

一九八×年　台湾や日本でも悪魔が確認されるようになる。

一九九×年　オーストラリアとニュージーランドでも悪魔が確認される。これにより文字通り地球はその全ての地で人類と悪魔が争う地獄と化した。

一九九×年　日本に於いて共生派が反救世主計画を実行に移そうとするも、国防軍の勇士諸君の奮闘によって反救世主計画は頓挫。前記の反救世主計画によって犠牲にされそうになった被害者の少年が国防軍への協力を打診したため、日本で第二次救世主計画が発動。

二〇〇×年　大陸での戦に於いて中華人民連邦が大敗。華北地域と東北地域を失う。

二〇一×年　日本で最初の人造魔晶が開発される。

二〇二×年　人造魔晶に適合した最初の機体が開発される。名前は叢雲である。

二〇二×年　第一次反攻作戦発動。第二次救世主計画の適合者と叢雲を含めた日本軍が朝鮮半島に出兵。大勝利を収めるも、戦線の維持と情報収集を目的とする日本と領土の奪還を求める現地勢の意見が衝突し、日本軍は半島からの撤退を決める。

二〇二×年　朝鮮共和国が悪魔の軍勢によって制圧される。

二〇三×年　対馬や九州・沖縄地方での戦闘が本格化するも、その都度国防軍によって撃退される。

二〇三×年　第二次反攻作戦のために東南アジア諸国に叢雲とその改修機である草薙を輸出するも、乗り手が不足していたために満足な稼働ができず、戦線を維持することはできたものの、戦略目的を達成することができなかったため、作戦は失敗に終わる。

二〇三×年　作戦失敗の反省を活かすため、人造魔晶の適合者を増やす第三次救世主計画が発案、承認される。

二〇三×年　地球上の人口が5億を割った。人が死に過ぎたことや食糧事情の関係で大規模な戦争が起こりづらくなる。
(食糧がなければ魔族も死に、魔族や人間が全滅するとそれを食料にしている悪魔も死んでしまうため)

二〇四×年　およそ10年にわたる小康状態の中で力を蓄えた東南アジア諸国連合による第三次反攻作戦が開始。台湾、フィリピンの大部分の解放に成功。

二〇四×年　タイ・ベトナム・ミャンマーでの戦闘に勝利。人類の活動領域を広げることに成功。

二〇五三年　度重なる戦勝を受けて戦線の拡張を主張していた陸軍の牟呂口大将が暴走。指揮下の第三師団がインパールに於いて歴史的な敗北を喫する。

二〇五四年　インパール戦に勝利した悪魔と魔族による反攻作戦が開始され、タイやミャンマーが戦場となる。
東南アジア諸国での戦闘の激化と朝鮮半島から侵攻してくる悪魔や魔族に対応するため軍は大幅な増員を決定。

二〇五六年七月　九州を襲った大攻勢にて、第二師団が投入した御影一号機が驚異的な戦果を挙げる。

HO-YB53-YANAGI-Mogamied/
SM-YB54-KAMURO-Mogamied/
GA-MT53-HACHI/

[DATA]

40mm機関砲

GA-MT53-HACHI

水戸立製作所が開発。政府からの無茶ぶりに応えた結果、高い連射性と火力を備えた傑作となった。面制圧力に優れており、数が多い小型や中型の魔物を相手にする際の必須装備となっている。

[機体名]

御影（1号機）

[体高] 6m

[重量] 30t
(機体本体の重量のみ)

最上重工業によって開発された混合型魔装機体の試作一号機。人型の「標準型」が持つ装備選択の自由度と、獣を模した「獣型」の機動力の両立を目指して開発された。

四脚の安定性を活かし、単機で超重火器を扱える点を最大のアドバンテージとしている。遠距離からの大火力による精密射撃が可能なため、単機での制圧力は既存の機体とは比較にならず、今までの戦術の常識を覆す存在と言える。

ただし、あまりに特殊なコンセプトのため、啓太以外には起動すらままならない極めて特殊な機体。

[DATA]

120mm滑腔砲

SM-YB54-KAMURO-Mogamied

四菱重工業が拠点防衛用に開発したものを最上重工業が魔装機体用に改良した滑腔砲。主砲弾は魔物素材とタングステンの合金である120mmMTA装弾筒付徹甲弾(貫通力重視)と120mmMTA対魔物榴弾(殺傷力重視)。

[DATA]

155mm榴弾砲

HO-YB53-YANAGI-Mogamied

四菱重工業が拠点防衛用に開発したものを最上重工業が魔装機体用に改良した榴弾砲。主砲弾は50式155mm榴弾砲用多目的弾。所謂クラスター弾で、発射された後は上空から大量の子弾を放出する。貫通力を強化した成形炸薬弾頭と、殲滅力を重視したナパーム弾頭を使い分けられる。

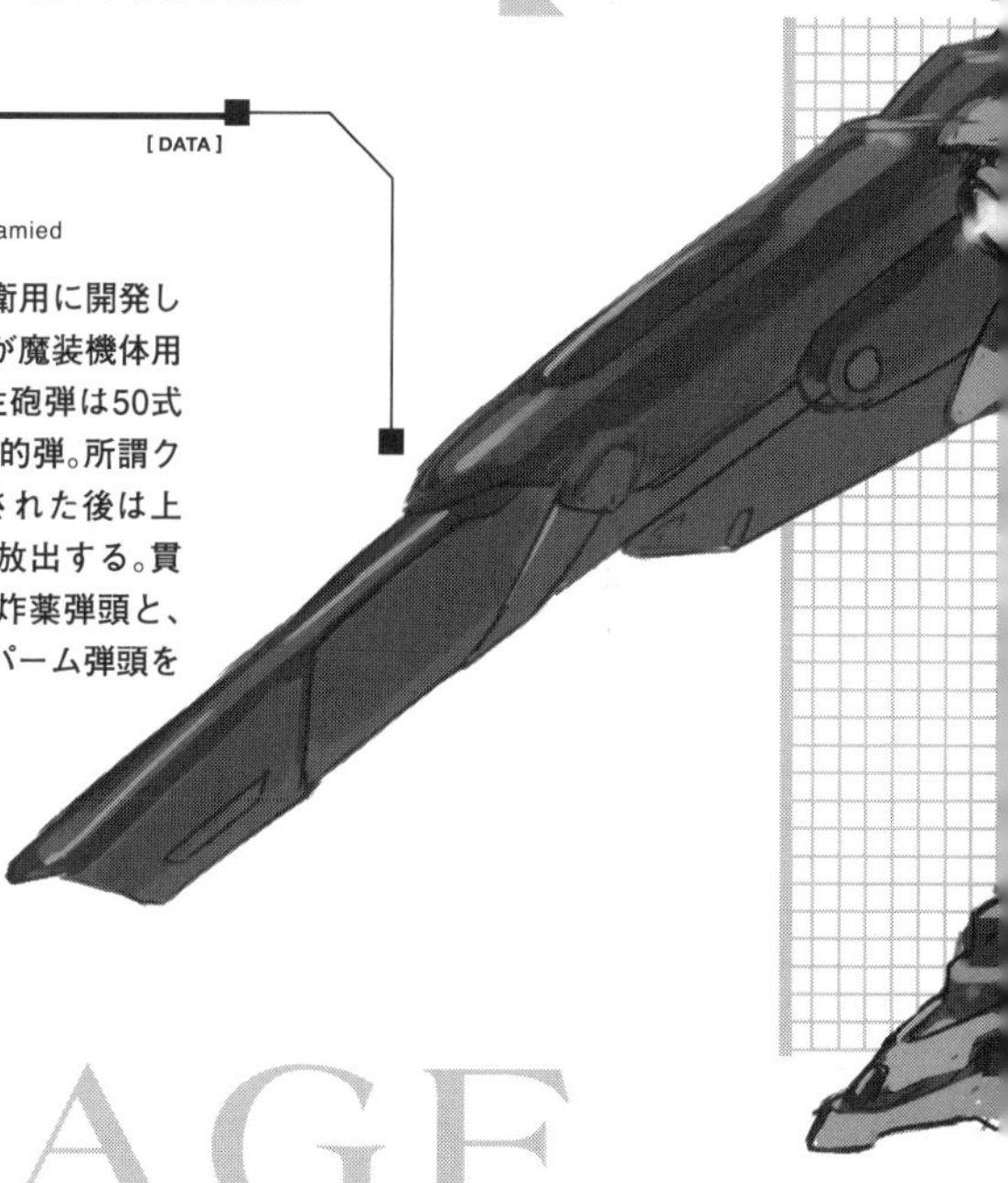

[CAUTION]

MIKAGE

[WORDS]

[勢力・人物解説]

▽ 国防軍

日本の防衛を担う軍隊の総称。九つの師団で構成されている。
それぞれが軍閥を持っており、管轄する地方や特色が異なっている。

▽ 第二師団

管轄は九州・中国地方。現在は大陸側から侵攻してくる魔族との戦闘における主戦場を担当している。啓太の軍学校入学を後押しした派閥であり、九州の大攻勢の結果もあって彼を高く評価している。

▽ 第三師団

管轄は中部地方。かつては首都や近畿のバックアップも担っていたが、遠征で壊滅的な被害を出し再建中。戦果を挙げ続ける第二師団とは折り合いが悪い。

▽ 第六師団

管轄は近畿地方。最前線で戦う第二師団の後方支援を担っており、関係が深い。

▽ 第八師団

管轄は四国地方。第六師団と同じく、主戦場を担当する第二師団の後方支援を行うことが多い。

▽ 川上啓太 [かわかみ けいた]

本作の主人公。第三次救世主計画の被験体にして成功例。「異なる現代」の記憶を持ち、極めて特殊な魔装機体「御影・一号機」の機士を務める。妹である優菜との生活を守るため軍学校に入学し、九州の大攻勢で活躍した結果、特務中尉となる。

▽ 川上優菜 [かわかみ ゆうな]

啓太の妹。彼女も第三次救世主計画の被験体であり、啓太と遺伝的な繋がりはない。川上家の家事を一手に担うしっかり者であるが、クールに見せかけて非常に兄想いな性格。

▽ 最上隆文 [もがみ たかふみ]

最上重工業の社長にして、魔装機体・御影を生み出した張本人。
ロマンを追い求める人物であり、機体の整備もこなす現場主義で、会社経営は妻に任せている。

▽ 五十谷翔子 [いそたに しょうこ]

軍学校青梅分校一年A組・第四席。啓太のクラスメイト。勝ち気でさっぱりした性格であり、第三席の座を奪った啓太をかつては敵視していたが、今ではその実力を認めている。第六師団閥に属する人物。

▽ 武藤沙織 [むとう さおり]

軍学校青梅分校一年A組・第一席。啓太のクラスメイト。首席入学者にして新入生総代の才媛。第三師団閥に属する人物で、父親は師団の総参謀長を務めている。

▽ 田口那奈 [たぐち なな]

軍学校青梅分校一年A組・第六席。啓太のクラスメイト。柔らかい雰囲気ながらも観察眼や分析力に優れており、ナギナタの達人。第八師団閥に属する人物。

[CAUTION]

[用語集] [WORDS]

▽ 悪魔
第二次世界大戦中に、ある国家によって召喚された知的生命体。召喚の儀式には大量の人間を生贄にする必要がある。世界の新たな支配者であり、現在は人類と戦いを繰り広げている。

▽ 魔族
悪魔から因子を与えられた元・人間。元が人間であるためコミュニケーションは可能であるが、すでに人類とは相容れられない存在。悪魔の眷属として、悪魔と同じく魔力を操ることができる。

▽ 魔物
悪魔や魔族によって使役される異形の生物。素体となったのは悪魔に支配された地域の人間や動物であり、大きさによって大型、中型、小型と区別される。中型以上の魔物は魔力障壁と呼ばれる力場を展開するため、通常兵器での討伐は困難。

▽ 魔装機体
悪魔との戦いにおいて、人類の戦力の中核を担う機動型決戦兵器。魔力を使用した攻撃が行えるため、中型以上の魔物と戦うには必須と言える存在。素材には魔物の死体を利用しており、人型だけでなく獣型の機体も存在する。

▽ 機士
魔装機体のパイロットの総称。魔晶との高い適合値が必要であり、誰にでもなれるものではない。

慢性的に不足しているため国防軍内では重要な存在で、有力な勢力の子女も多い。

▽ 魔晶
魔族や魔物が死んだときに遺す、特殊な石。悪魔が操る力である魔力と深い関係があり、人類はこの活用法を見出したことで悪魔との戦いの転機を得た。かつては魔晶を子供に埋め込み、魔族を生み出すという非人道的な儀式が行われていたこともある。

▽ 人造魔晶
国防軍によって開発された、比較的安全な魔晶。これを取り込み、適合者となった人間が現在の国防の主力を担っている。魔装機体を操縦するために不可欠なものであり、これがない人間が機体を動かすことはできない。機体とリンクさせることで、限定的なアイテムボックスとして使用でき、魔晶の中に機体本体を収納することも可能。

▽ 救世主計画
悪魔に対する人類の反攻作戦の総称。悪魔の力を用いた技術開発であり、魔晶と魔装機体の研究の歴史とも言える。第二次救世主計画で生み出された人造魔晶によって、今まで致死率の高かった魔晶との適合そのものが行いやすくなり、機士を増やすことに大きく貢献した。

プロローグ

それはとある街にある、とある屋敷の中での出来事であった。

『グギャォォォォォ』

「ひ、ひぃぃ！」

屋敷の主であった男の一人娘である少女は、突如として現れた魔物から逃げていた。

いや、少女の視点で見れば突然の出来事ではあったものの、実のところ魔物たちは普通に街に接近したし、普通に街の防御を破ったし、普通に街の中を襲っているだけなのだが、今まで街の中で暮らしていて魔物など見たこともなかった少女からすれば、この襲撃はやはり突然のことであった。

『ゲギャ！　ゲギャ！』

少女の認識はさておくとして。現実問題として彼女は魔物に追われていた。

「う、あ、」

魔物はニンゲンを襲う。

魔族からの命令でもあるが、なにより彼らの空腹感や本能を満たすためにニンゲンを襲う。

基本的に小型の魔物は中型以上のそれとは違い魔力障壁を持たないので通常兵器でも対応できる。

そのためその脅威度は中型以上の魔物と比べて低く設定されている。

だがそれは『脅威ではない』という意味ではない。

戦う術を持たない人間が森で野生動物に襲われれば生死の危険があるように。

力のない子供が武器を持った大人に襲われたら抗うことができないのと同じように。

まして小型は数が多い。中型一体に対し二〇体近くいる。

そして彼らは罠《わな》にかからないだけの知恵があり、残忍だ。

故に小型は怖い。中型や大型のように一思いに殺してくれないから。

場合によっては食事だけでなく繁殖に利用するために連れていかれてしまうから。

だから小型の魔物こそ、力を持たない人間から一番恐れられていると言っても過言ではないかもしれない。

『ギャギャギャ』

「あぁぁぁぁ！」

その少女の目に映るのは非力な自分を見て嘲笑《あざわら》う魔物の顔。

耳にこびりつくのは非力な自分を見て嘲笑う魔物の声。

『グギャ。グギャ』

「いやぁぁぁぁ！」

まるで狩りを楽しむかのように嗤《わら》いながら、獲物をあえてゆっくりと追う魔物たち。

それから必死で逃げ惑う少女。その姿が彼らをより一層喜ばせていることなど知らないだろうが、
反対にそういった部分を煽《あお》っているからこそ一思いに殺されていないという一面も否定はできな

い。

しかしそれとて限界がある。

体力が尽きたのだろう。少女はなにもないはずのところで転倒してしまう。

「あっ！」

泣きながら、それでも魔物から距離を取ろうとして必死で這《は》いずる少女。

「いや……こんな……」

「助けて……だれか……」

助けを呼ぶも誰も来ない。

父も、母も、兄も、爺《じい》やも。家を護っていたはずの兵隊さんたちも。誰も来ない。

それもそのはず。

だってここに家族はおらず、ここにいたみんなはすでに死んでしまったのだから。

抗った者たちはその場で魔物たちに殺された。

逃げた者たちは遠距離からの攻撃ではじけ飛んだ。

そこまで詳しいことは知らなくとも、少女は泣いても叫んでも自分を助けてくれる存在がこの場にいないことを理解してしまっていた。

それでも、それでも少女は叫ぶのだ。

死にたくない。殺されたくない。だから助けて。と。

生存本能に従って。ここで力を出し切らないともう出すところはないと理解しているから。

「だれか。たすけて‼」

救いがないとわかっていても、少女はそう口にするしかなかった。

『ギャッギャッギャッ』

必死で、涙を流しながら無駄なことをしている少女を見て悦に浸る魔物たち。

彼らは自覚しているのだろうか。

自分たちも魔物にされる前はあんな風に泣いていたことを。

自分たちを苦しめる魔物たちに対して恐怖と、殺意を抱いていたことを。

いや。もしかしたら覚えているのかもしれない。

自分がニンゲンであったときのことを覚えているからこそ、まだニンゲンでいられている少女が羨《うらや》ましく、妬《ねた》ましいのかもしれない。

わざわざ恐怖心を煽るように追い詰めているのも、その感情の発露なのかもしれない。

「だれか。だれかぁ！」

誰もいない屋敷に泣き叫ぶ少女の声が響く。

『グギャ』

力なく助けを求める少女を見て魔物たちも満足したのか、これまでのようにわざとゆっくり歩くのではなく、普通に少女に接近し、泣き叫ぶ少女の頭を掴《つか》んで持ち上げる。

「あうっ！」

小型と言われようとも少女よりは大きい。己よりも大きな魔物に捕まってしまえば、非力な少女に抵抗なんてできやしない。

このまま食われるのか。それとも魔族が運営する牧場に連れていかれるのか。

「た、たす……」

一縷《いちる》の希望を懸けて最後の声を上げる少女。

もし魔物が話せたならば『助けなんてこねぇよ！』と嗤いながら告げただろう。

事実、この期に及んで少女に助かる術など存在しない。

このまま誰にも知られずに殺されるのか。

一思いに殺してくれるのか。

それとも生きたまま食べられるのか。

彼女がまだ【繁殖】という言葉を知らなかったが故に最悪の想像はしなくて済んだが、それが何の救いになるというのか。

『ギャッギャッギャッ』

「あぁ……」

もういいか？　そう言わんばかりの醜悪な笑みを浮かべた魔物たちの前に投げ捨てられた少女は、その絶望のあまり考えることをやめようとした。

——その直後のことであった。

『アァァァァ！』

『ドアッ⁉』

「え？」

『ダッヴァイ！』

『ジャッ!?』

「えぇ？」

『一対多？　一向に構わんッ！』

『ガッ！』

「えぇぇ？」

『貴様らはニンゲンを舐《な》めたッ！』

『ドォッ!?』

「えぇぇぇ？」

謎の掛け声と共に現れた一陣の風が、少女を囲んでいた魔物《絶望》を薙《な》ぎ払《はら》ったのである。

風が吹けば魔物が弾ける。

（すごいなぁ）

そんな非現実的な光景を前にして、少女は呆然《ぼうぜん》としながらも本能で「自分は助かったんだ」と認識した。

「……あ」

元々体力の限界だったことに加え、張りつめていた緊張が解けたこともあるのだろう。

少女が吹き荒れる風の正体を認識する前にその意識を落としてしまったことを誰が責められよう

か。

『少女よ、よく頑張ったな……って寝てるぅ⁉』

少女を助けた風がなにやら叫んだ気もするが、それとて別に少女を責めたわけではない。

『恰好《かっこう》つかねぇなぁ。ってかこれ、俺が運ぶのか？』

たとえ自己紹介の前であろうとも、たとえ意識を落とした少女を担ぐことになろうとも。

魔物から逃げるために全力を尽くしたが故に、疲れて眠ってしまった少女を責めるニンゲンなんてどこにもいなかったのである。

一章　夏休みが明けて

一

いやぁ夏休みは強敵でしたね。

うん。本当に強敵だった。

なにせ先日九州で行われた戦闘が終わったあと、どれだけ機体が成長したのかを確認するために一度小競り合いに参加したのだが、その戦闘終了後に『君は成長と最適化に専念して欲しい』とか言われてそのまま学校へと戻されてしまったからな。で、予定よりも早めに戻されたことで面倒な仕事があるかと思いきや、第二師団からの頼みもあったのか、ボスから「お前は休め」と言われて学生として出されていた宿題や、機士になるための課題も免除されてしまったからな。

困った困った。

それだけじゃないぞ。戦闘の成績が良かったからか、正式に少尉に昇進した上に『今後は特務中尉として任務に臨んで欲しい』と昇進を打診されたのだ。

学生を正式な少尉だの特務中尉だのにするだけでも一大事だというのに、軍はさらに俺に追い打ちを掛けてきやがったのさ。

「まさかボーナスが出るなんて、な」

それも満額。いや、少尉になってから一か月やそこらで二〇〇万円も貰《もら》えるとかありえねぇから、満額以上だな。

あまりの大盤振る舞いに死ぬかと思ったぜ。

尤《もっと》も妹様は「少なくない？」とか言ってたけど。あやつはまだ知らんのだ。金を稼ぐことの大変さってやつを、な。

これに関しては、まだ中学生だから仕方ないと言えば仕方ないのかもしれないが、あまり無頓《むとん》着《ちゃく》でも困るから、ちゃんと後で教えてやらねばなるまい。

現金があれば何でもできる……とまでは言わないが、金がなければなにもできないのだから。

そんな感じで大事なことを確認できたし、実に実りの多い夏休みだったと言えよう。

で、そんな充実した夏休みが明けたわけだが。

「アンタねぇ。一体全体なんてことしてくれてんのよ！」

「ん？　何のこと？」

久しぶりに授業を受けるために登校したら、いきなり五十谷《いそたに》さんに絡まれた件について。

妙に怒っているが俺が何をしたというのか。

正直言って本当になにもしてないぞ。いや、マジで。

「なんで自覚してないのよ！　胸に手を当てて夏休み中の行いを振り返ってみなさい！」

「夏休み中の行いったってなぁ」

訓練して、九州で一狩りして、訓練しながら機体の成長を見守って、訓練して、帰ってきてからは訓練と妹様の宿題に付き合った程度なんだが。

他の生徒と比べると訓練の度合いが少ない気がしなくもないが、俺の場合実地での訓練があったからな。休憩時間を多めに取るのは普通のことだ。

まぁそういう名分で休みを貰ったわけだから、そこが後ろめたいと言えば後ろめたいところではあるが、そんなの本人の勝手だろうよ。

訓練をサボったせいで戦場で死ぬことになるのは自己責任だし……あぁ、いや、俺たちは指揮官になるんだから一人の命じゃないんだった。うん。そうだな。そりゃ五十谷さんも怒るわ。よし、謝ろう。

「正直すまんかったと思っている」

「……アンタ、絶対わかってないでしょ」

「なにを言うか」

妹様の平穏を願うだけの男になにを言うのか。

とはいえ、こうして話していればさすがに何らかのすれ違いが発生しているのはわかるぞ。

なにがどうすれ違っているのかがわからないのが問題ではあるがな。

「翔子《しょうこ》さ～ん。別になにか悪いことをしたわけじゃないんですから、その言い方はどうかと思いますよ～？」

ここに来て俺と五十谷さんがすれ違っているのを認識したのだろう。五十谷さんを諫めてくれる第三者が現れた！

「那奈《なな》……そうは言うけどねぇ」

普段であれば首席入学の武藤《むとう》さんが割り込んでくるところだが、今回は違う。

何でも彼女の家は参謀の家らしく、夏休み中に発生した戦闘の戦訓を纏《まと》めるのに忙しいんだとか。

そんなわけで今回割り込んできたのは、六席で入学した田口《たぐち》那奈さんである。

元々俺を睨《にら》んでこなかった人だから悪い感じはしなかったんだが、話してみると、何だ。男性に人気はあるが女性からは嫌われるタイプとでも言おうか。外見と合わさって、何ともあざとい感じがする人だ。

俺としては別にどうでもいいことだと思っているのだが、さっぱりした感じの五十谷さんとは相性が悪そうだと思っていたりする。

実際のところそうでもないらしいけどな。

何でも元々彼女の実家が所属する第八師団と五十谷さんが所属する第六師団の仲は悪くなかったんだが、それに加えてそれぞれの師団が第二師団の支援として人材を派遣することになっていたらしく、その関係でそこそこ繋《つな》がりが強まったんだとか。

ちなみに俺自身、派閥の関係については正直よくわかっていない。

どれくらいわかっていないのかと言えば、近づくべきなのか離れるべきなのかさえわかっていない。

周囲の人たちからすれば、俺は第二師団に所属していることになっているらしいが、その自覚もない。

第二師団の人たちが後ろ盾になってくれているかどうかさえわかっていない。

だって。直接『君の所属は第二師団だ』なんて言われてねーもの。

その、何だ。自分でも権力に対して無防備すぎると思うが、距離の取り方がわからないんだから仕方がないと思う。自分から距離を詰めすぎて『勝手に第二師団面すんな』とか言われたら困るし、かといって他の師団と仲良くして『裏切ったのか？　俺たちを』とか言われても困るからな。

結局のところ、少なくとも学校にいる間くらいはあやふやな距離感でいいかなぁと思い始めているところだったりする。

それにそっち系統で何かあれば最上《もがみ》さんが教えてくれるだろうしな。

そんな俺の立ち位置はさておくとして。

一見すればゆるふわ系だし、実際結構な家のお嬢様である田口さんだが、当然見た目通りのお嬢様ではない。

男に対する態度や視線などは計算されつくしたものだし（情報源・五十谷さん）。

平時からぼーっとしているように見えるのも計算したものだ（情報源・五十谷さん）。

実際の彼女を見たいのであれば彼女のシミュレーターを見ればいい。ぼーっとしているだけのお嬢様には絶対にできない挙動が見られる（情報源・五十谷さん）。

特に見るべきは武家のお嬢様なら誰でも習得するよう言われているナギナタの扱いに関してなんだとか。そのキレには五十谷さんや武藤さんでさえ敵わないらしい。

……ナギナタが武家の娘さんの必修科目であることさえ初めて聞いたのだが、まぁ武家の娘がやってるイメージはあるよな。ゆるふわ系の田口さんがそれを得意としているのは意外といえば意外だが、逆にお嬢さんだからこそ強いと言われれば納得できなくもない。

とはいえ彼女の中身がどうであれ、俺の邪魔をしないのであればそれでいい。今まではそんな感じで相手をしてきたのだが、今日はどうも俺にちょっかいをかけてきそうな感じがする。

彼女にしても学生で、それも一年の段階で少尉になった上に戦場では特務中尉として中尉扱いされるような存在は珍しいのかもしれない。端的に言って俺に興味があるんだろ。もちろん異性としてではなく、軍人としてな。

だからこそ、これまでなら放置していたであろう俺と五十谷さんの会話に割って入ったと見た。

しかしそれがわかったからと言って流されてやるつもりはない。

どの業界でもそうなのだが、必要なときに必要な分だけ自己を主張しなければ、状況に流されるだけになってしまうものだ。そして状況に流された先にあるのは、ほとんどの場合後悔しかない。

故に自分で動くのだ。結果として失敗することもあるだろうが、それを他人のせいにしないために。

派閥について理解することを諦《あきら》めているじゃないかって？

いや、あれは別腹だから。

「だからね。こうしたらいいいんじゃないかなって思うんです」

「……なるほど。確かにそれなら問題ないわね」

セルフツッコミをしている間に五十谷さんと田口さんの間で話が終わったようだ。

どんな結論が出たのかは知らんが、俺が関わっている以上、俺の承諾は絶対に必要である。そして今の俺はバリバリ警戒モードなので、そうそう簡単に二人の意見には頷《うなず》かないぜ。

——そう思っていた時期が俺にもありました。

「アンタ。今日の放課後の訓練は私との模擬戦にしなさい。もちろんシミュレーターだけどいいわね？」

「は？」

なんて？　シミュレーターでの訓練は別に構わないが、対戦？　あれにそんな機能あったの？

俺はずっと一人で魔物を相手にポコポコしていたのに、五十谷さんたちは和気藹々《わきあいあい》と対戦してたの？

何という不条理。何という悪徳！

「なに？　不満なの？　あぁもちろんお金は払うわよ。そうね。一戦一〇万円でどう？」

「受けよう」

不条理？　悪徳？　知らんなぁ。一回戦うだけで一〇万とか、そんなのやるに決まっているじゃないですか。

「そう？　じゃ、放課後よろしくね」

「はいよ」

「あ、私もいいですか？　もちろんお金は同じだけお支払いしますので」

「え？　あぁ。いいですよ」

いいの？　訓練するだけでお金を貰ってもいいの？　絶対に返さんぞ？

「……放課後が楽しみだ」

ヒャッハー！　何戦するのかは知らんが、最低でも二〇万ゲットだぜ！

いやはや訓練するだけで金が貰えるとは、素晴らしい時代になったものだ！

二

「……さすが翔子さん。まさか、軍でも接触が難しい彼との模擬戦が、たったの一〇万でできるなんて思ってもいませんでしたよ」

「はっ。私に『彼にお金を払って情報を得ているんですよね？　なら模擬戦とかもしてもらえるんでしょうか？』なんて聞いてきたくせによく言うわよ」

「え～。でもでも、今や誰だって彼と模擬戦したいと思っているでしょう？　でもさすがに無料ってわけにはいかない。だからと言って私たちが『お金を払うから模擬戦してくれ』なんて言えませんし。それを嫌味なく言えてさらに承諾させることができるなんて翔子さんしかいないと思いませんか」

「まぁ、それはそうだろうけどね」

事実、彼女以外の人間が同じことを言った場合、啓太《けいた》は自分が侮辱されたと判断して『断る』とそっけなく答えると共に、舐《な》めたことを言ってきた人間との関わりを絶とうとするだろう。

金に汚く簡単に転ぶように見えて意外と気難しい人間なのだ、啓太は。

それを理解した上で田口は五十谷に同様のことを言わせたのである。

そして五十谷のそれが成功したのを見届けると同時に、さらりと便乗して自分も成果を上げることに成功した。

これだけでも田口という女がただのゆるふわ系お嬢様ではないということがよくわかる。

尤も、五十谷とてそれが狡《ずる》いとは思わない。

むしろそれくらいの強かさがない人間と誼《よしみ》を結ぶつもりなどないとさえ思っているくらいだ。

「何にせよ。貴重な戦闘データが得られることは間違いないわ。……共有、するでしょ？」

「もちろんです」

単騎で、それも一〇分足らずで大型を一〇体仕留めたエースとの模擬戦だ。

その戦闘データを共有しないという理由がどこにあるというのか。

「ふふふ」

「あはは」

(((怖っ！)))

(あら？　もしかして私、出し抜かれました？)

この日、放課後に得られるであろう情報の価値を思い、男子が思わず引いてしまうほどの威圧感のある笑みを浮かべてしまった少女たちがいたとかいなかったとか。

二章　クラスメイトとの模擬戦

一

軍学校に於《お》いて普段啓太たちが行っている訓練は、走り込みや筋トレといった生身の肉体を鍛えることが主なものとなっている。

これは機体の操作に関してそれぞれの進捗《しんちょく》が違うことや企業の都合などがあるためだ。

例えば九席で入学した小畑健次郎《おばたけんじろう》と首席で入学した武藤沙織《さおり》では、同じ学年、同じAクラス、同じ型の機体を用いているにも拘わらず大きな差が存在している。

そのため両者の間では射撃戦でも近接戦でも戦いが成り立たない。

この場合、小畑の方は上級者と戦えるからそれでいいかもしれないが、武藤の方には一切得るものがないという形になってしまう。

こういった不公平を抑えるため、機体を使った訓練は放課後、各自で行うことになっていた。

もちろん前記の場合は小畑健次郎と武藤沙織という例が悪いだけであって、実力が近い者同士が戦うことは悪いことではない。それは機体という、己の手足の延長線上にあるものを操る機士にとっても同じで、彼ら彼女らにとって至近距離で他人の動きを見るというのは意外と大きな意味を持つのである。

もちろんそれはちゃんと動きを見ることができれば、の話ではあるが。

◆◆◆

軍学校に置かれているシミュレーターには、お互いの整備士が許可を出せば他の生徒と対戦ができる機能がついている。イメージとしては令和日本のゲームセンターなどにある筐体《きょうたい》を使用したオンライン対戦そのままだと思えばいい。

使用するデータはリアルタイムで更新されている最新のものが使える他、更新前のデータを使用することも可能である。これにより成長の度合いを測ることができるというわけだ。

もちろん最新のデータは社外秘などに分類されることが多いのでそう大っぴらに対戦では使用しない。

今回双方の整備士の意見を聞く前に対戦を決めてしまった両者であったが、そもそも五十谷サイドは最新型の情報を欲していたし、最上重工業《もがみじゅうこうぎょう》としても国から正式な許可を貰うために対魔物用のデータだけでなく対人戦闘のデータも欲しかった——国として機体を運用する際、日本を敵視している国や共生派が操る機体との戦闘を考慮しなくてはならないため対人戦闘のデータが必要となる——という理由があったおかげで無事に許可が出た形ではあるものの、一歩間違えば問題になる可能性もあったため、啓太は隆文《たかふみ》から『事前に話をしろよ』と釘《くぎ》を刺されることになった（ちなみに五十谷は当主である父から「よくやった！」と褒められたそうな）。

それはそれとして、これから啓太たちが行う訓練について目を向けよう。

シミュレーターには大きく分けて三つのフィールドが用意されている。

まずは半径五〇〇ｍある実際の戦場に近いとされるもので、生徒たちからはストレートに【広域戦場】と呼ばれるフィールドだ。

これは主に複数の生徒が共同で行う場合や、全体訓練を行う際に使われるフィールドで、実戦さながらの挙動が求められるため難易度は高めに設定されている。

正規の軍人も同じタイプのフィールドを利用するので、教員たちはこちらを勧めるのだが、生徒たちからの人気はない。ちなみに普段啓太が一人で訓練しているのもこのフィールドである。

次が半径五〇〇ｍのフィールド。こちらは単純に【戦場】と呼ばれている。

さすがに普段から半径五キロのフィールドを利用して匍匐《ほふく》前進をしたり遮蔽《しゃへい》物を利用して接近したり、相手の動きを予想して展開、しかるのち合図と同時に攻撃……なんて本格的かつ複数の人員が必要な訓練などできないため、一定以上の距離を詰めた場合に必要とされる挙動の訓練を行う際に利用される。

通常生徒たちがチームプレイなどを行っているのはここだ。

最後が半径五〇ｍのフィールドで、【闘技場】と呼ばれているフィールドだ。

主に近接や中距離での戦闘技能を磨く場で、機体同士の連携訓練も可能なフィールドなので生徒たちからの人気は高い。

尤《もっと》も、実戦を知る軍人たちからは『こんな状況で戦闘になるなんてありえん』と一蹴《いっしゅう》されてしまっているので、このフィールドは軍では採用されていない。

これはあくまで他のフィールドに於いて接近する前に脱落してしまったり、長期の訓練を面倒臭がった生徒たちなどから『面倒なことをせずに戦闘ができるフィールドが欲しい』と言われた開発陣が学生のお遊び用として作ったフィールドである。

この中で翔子が最初に選んだのは、もちろん半径五〇〇〇ｍの【広域戦場】である。

普通に考えればここは遠距離射撃専用機である御影型が有利なフィールドであり、普通の草薙《くさなぎ》型を操る翔子には一％の勝機も存在しないフィールドだ。

そもそもこれまでこのフィールドで対魔物を想定した訓練を行った際も、翔子は毎回まともに接近することができず、遠距離に布陣している魔物側から放たれる魔力砲撃によって一方的に敗北を喫することを繰り返している。

それなのになぜ彼女がこのフィールドを選択したかと言えば、啓太が全力で敵を葬る際の挙動を体験するためであった。

（大型を一撃で葬る狙撃手との戦い。これを経験しておけば、実際の戦闘でも必ず役に立つからね！）

基本的に草薙型の戦闘方法は、距離を詰めての白兵戦か中距離での射撃戦である。

故に全力を出すためにはある程度距離を詰めなくてはならない。

戦場であればそのために砲士や八房型による援護があるが、今回は対戦を目的としたシミュレーションなのでそういったものは存在しない。

五十谷は啓太という魔物を上回る狙撃手を相手に、味方の援護がない場合での距離の詰め方を学ぼうとしていたのだ。

この想定は、少しでも軍事的な常識を持つ人間であれば『そんな状況あるか?』と首を傾げたくなるような前提条件ではある。

だがしかし、彼女の対戦相手は砲士や八房型だけでなく、誰の援護も受けていない状態で戦端を開き、大型を含む大量の魔物を単騎で蹂躙《じゅうりん》した男だ。

実際にできる人間がいるのだから、敵にもそういった輩が現れないとは限らないではないか。

もし、自分がそんな相手と向き合うことになったらどうする?

援護がないから戦えません。とでも言って戦いを拒否するか?

経験がないから戦えません。と言って逃げるか?

(どっちもありえないでしょ!)

五十谷翔子は武家である五十谷家の令嬢である。

これまで武門の人間として両親から厳しく躾《しつ》けられてきたし、当然のごとく武術や戦術を学んできた。

その結果がAクラス。それも四席での入学という事実だ。

それはつまり、五十谷翔子は百数十万人いる同い年の子供の中で、四番目の実力を持つという証。

そこまでして己を鍛えたのは、偏に有事の際に率先して戦に赴くため。

それをするからこそ武家は武家たりえるのだから。

自分たちが一般人家庭にはない権益を持ち、贅沢《ぜいたく》な暮らしができるのも、その義務を果たしているが故のこと。それなのに、いざ実戦となったら戦えない？　それは一体何の冗談か。

特に今年は例年とは違い、三席に現役の軍人でさえ不可能なことを成し遂げた変態が、九席には大した実力もないくせに偉そうにしているクソガキがいるのだ。

そのせいで自分たち全員が、上級生や軍の人間に『今年の新入生は全員下駄を履かせてもらっているのか？』などと揶揄《やゆ》されているのかと思うと、想像しただけで神経が苛立《いらだ》つ。

（私でさえそうなんだから、武藤沙織や藤田一成《ふじたかずなり》は尚更でしょうね）

自分が望んだわけでもないのに家の都合で啓太よりも上位にされた二人が常に感じているもののことを思うと、さしもの翔子とて可哀想に思う。

（だけどそれはそれ、よ）

下駄を履かされた上で啓太に負けた自分に彼らのことをどうこういう権利などない。

（だから、まずは現時点での私の力がどのくらいなのかを把握する！）

エースに勝てるなどと自惚《うぬぼ》れてはいない。いい勝負ができるとさえ思っていない。

経験をその身に宿す。まずはそれから。

覚悟を決めた翔子は己のハンガーに備え付けられているシミュレーターに入り【対戦】を選択すると、体が沈み込むような感覚と共に自分が機体に乗っているような感覚に包まれる。

意気揚々と――――内心では緊張しながら――――広域戦場へと降り立つ翔子。

（対戦開始ね。まずは遮蔽物を探さないと……）

狙撃手を相手にした場合の基本は隠れることにある。故に最初に翔子が遮蔽物になりそうなものを探すのは決して間違っていない。

だが現実は非情である。

『見つけた。まずは一発！』

『きゃ⁉　……え？』

「あ、あらぁ～？」


一戦目、終了。

所要時間、三秒。

五十谷機、大破。

機士、死亡。


『一〇万ゲットだぜ！』

『え？　は？』

「う～ん。この結果はさすがに想定していませんでしたねぇ」

こうして啓太と翔子の模擬戦は、覚悟を決めていた翔子も、少しでもデータを取ろうとしていた田口那奈も想定していなかった結末ながら、彼我の差を考えればあまりに順当な結果で幕を開けたのであった。

◆◆◆

一戦目は誰もが予想した結果ながら、誰もが予想できなかった過程で終了した。

結果は一撃でコックピット部分を潰《つぶ》された翔子の負け。

ちなみにこの対戦で啓太がやったことと言えば、ジャンプして、索敵して、見つけたから撃った。

これだけだ。

三秒かかったのも、上から翔子が操る機体を見つけるのに多少の時間がかかったからで、もし最初から翔子の機体が認識できていたら、戦闘開始と同時に終わっていただろう。

エースとの戦いということでそれなりの覚悟をしていた翔子や、第三者の視点から詳細なデータを取ろうとしていた那奈も閉口するしかない結果であった。

「そもそも遠距離射撃を目的として造られた御影に五〇〇〇mのフィールドは狭すぎるんだよ。こっちとしては近接戦闘が見てぇから、できたら闘技場でやってくれねぇかなぁ」

啓太のガレージにてなぜか後方師匠面する最上隆文の言葉である。

この隆文の言葉はそのまま啓太の認識でもあるのだが、隆文と啓太には明確な違いがある。

それはなにか。

この対戦に対する価値観だ。

一撃で一〇万円ＧＥＴできた啓太と、ただぶち抜いたというだけのデータしか取れない隆文では当然対戦にかける意欲が違う。

闘技場での対戦ももちろん大歓迎だが、そこに至る前にせめて広域で二回、通常の戦場でも二回はこなしたいと思っている。そんなわけで、一度だけで諦《あきら》められては困る啓太は、一つ小細工をすることにした。

『まだやるかい？』

意外！　それは確認と見せかけた挑発っ！

こんな感じで、いかにも「私、不完全燃焼です」と言わんばかりのテンションで確認されてしまえば、元々気が強い翔子が何と答えるか？　など、確定的に明らかなことだ。

（来い。来いッ）

彼女は乗ってくる。そう確信はしているものの、翔子の性格云々ではなく一戦一〇万は軽くないという現実的な負担が引っかかっていた啓太は、シミュレーターの中で（お願いします！　乗ってください！）と拝み倒していたとかいなかったとか。

しかして翔子の返答は……。

『もちろんよ、やるに決まってるでしょ！』

（ヨシ！）

啓太の不安もなんのその。半ば切れ気味に継続を宣言する少女がそこにいたのであった。

二　田口那奈

『対戦は続けるわ。続けるんだけど、ちょっと待ちなさい』

『うぃっす』

（う〜ん）

川上《かわかみ》啓太は五十谷翔子が相手の場合に限り、妙に素直なところを見せる。

五十谷翔子がお金を払っているから……ではないだろう。

恋とか愛とかでもない。

あえて近いところを挙げるとすれば、年長者が妹や姪《めい》っこの我儘《まま》を聞いている感じが近いだろうか。

どうやってあの少年の懐に潜り込むことに成功したのやら。

本人に聞いても『知らないわよ』としか言わないけど。

（あの性格だと殿方からは嫌われると思ったんですけどねぇ）

那奈が常日頃から自分でも『あざとい』と思うような態度を取っているのは、簡単に言えば男からの好感度を稼いだり、油断を誘うためだ。

男なんて、こういう態度を取っている女に多かれ少なかれ好感を抱くものだと思っていたし、実際周囲の男たちから好色な視線を向けられたことはあっても警戒されたことはない。

川上啓太を除いては。

もちろん大人の中には笑顔で接しながらも目が笑っていない人はいくらでもいた。だが、同年代の男性から、それも初対面の段階で警戒されたのは初めての経験であった。

五十谷翔子がなにかを吹き込んだか？　とも思ったが、川上啓太は初対面のときから自分を警戒した。つまり彼女は関係ない。

（つまりは、私の態度から『なにか』を感じ取ったってことよね）

有象無象に好かれようと、肝心要の川上啓太に嫌われたのでは意味がない。

（もう態度を変えるべきよね。でもあからさまに変えても駄目。うん。やっぱり五十谷翔子に合わせる形で変わったと思わせるのが自然かしら？）

「那奈。何にもわからないうちに落とされたんだけど、一体私はなにをされたの？」

（おっと。態度は徐々に変えるとして、まずは目の前のことよね。五十谷翔子に嫌われたら元も子もないんだし）

「へぇ～頭に血が上ったように見えて意外と冷静なんですねぇ。てっきり『何なのよあれは！』って騒ぐくらいのことはするのかと思ったんですけど」

（かと言って露骨にすり寄っても駄目。川上啓太も面倒だけどこの子もそこそこに面倒なのよね）

「冷静っていうか、困惑してるだけよ」

「なるほど～」

あぁうん。納得。そりゃスタートして遮蔽物《しゃへい》を探そうとしたらズドン、だもんねぇ。

怒る以前の問題なのか。

「……で？　アンタ見てたから知ってるでしょ？　アレはなにをしたの？　それがわからないと対処のしようもないわ」

「そうですよねぇ」

普通なら感想戦をするところだけど、向こうの方には感想もなにもないものねぇ。

「……」

おっと、あんまり引っ張って機嫌を損ねられると私のときになにもしてもらえなくなる。

ここは変に誤魔化さないで真実を伝えてあげましょうか。

「彼がしたことは簡単です。あの四脚だからこそ生み出せる脚力をフルに使って高くジャンプ。高度を利用した索敵で翔子さんの機体を発見。そしてズドン。これだけですよ？」

一連の動作に全く無駄がなかったわね。

「ジャンプ？　でもそれだけの高度を出したら着地の瞬間に壊れるんじゃないの？」

「普通ならそうなるでしょう。あの機体はただでさえ三〇トンという草薙《くさなぎ》型の倍、八房型の三倍の重さを誇っていますからね」

「装備を入れたら三五トンあるらしいわよ？」

「あら、そうなんですか？」

それで何であんなジャンプができるんだか。

脚力だけではなく魔力も関係しているのは確実ね。

「それで、あれがそんなに高く跳べるというだけでも驚きなんだけどさ。肝心の着地はどうだったの？」

「着地？」

あぁ。シミュレーターだと設定によっては『敵を倒した時点で状況終了』なんてこともできるけど、普通は残心というか残身というか、相手に勝ったあともしばらくは状況が続くものね。

それで油断して相討ちになるってケースも多々あるし。実戦なら尚更そう。

だから五十谷翔子が気にしているのは『着地に失敗したんじゃないの？』ってこと。

普通ならそう思うわよね。三五トンの機体がハイジャンプなんかしたら、着地の衝撃で壊れると思うのは普通。私もそう思った。でも残念。

「彼、脚と背中からナニカ……いえ、多分アレが噂になっていた魔力の放出だと思いますけど。まぁ、その、ナニカを出して着地の際の衝撃を緩和していたみたいですよ？」

「……そんなこともできるの？」

「できてますねぇ。正確には、ジャンプのときもアレを放出して推進力代わりにしていたみたいだし、着地の前段階でも落下速度を緩めるのにも使っていたように見えました」

「なによそれ！　それだとアイツは魔力をクッション代わりにしているから、三五トンもあっても飛んでるみたいに跳躍できるし、着地もほとんど問題ないってこと⁉　理不尽すぎるでしょ！」

「うん。そう叫びたくなる気持ちはわかりますよぉ。理不尽ですよねぇ。だけど、それこそが私たちが見たかったモノ。そうでしょう？」

「それは……そうね。その通りだわ」

僅《わず》か数秒で一〇万円を支払った形になるけど、アレが見られただけでも十分すぎるほどの価値がある。

懸念があるとすれば『これでは訓練にならない』と言われて対戦を打ち切られてしまうケースだったけど、向こうから『まだやるかい？』と確認してくれたから、少なくともあと一回はできるわ。

あれが挑発なのか気遣いなのかはわからないけど、本当にありがたい。

『よし！　もう一回いくわよ！　フィールドは一緒！　だけど今度は攻撃をするまで……そうね、一〇秒待ちなさい！』

『はいよ』

「なるほど～。そうきましたか～」

いきなり狙撃されて終わったのでは意味もなにもないから、攻撃開始までに時間を設けること自体は妥当な判断だとは思う。思うんだけど……。

「一〇秒で足りるんですかねぇ」

何となくどうなるか予想はできたけど、それでも貴重なデータだ。見逃すつもりはない。

そう思っていたんだけど、どうやら私が思っていたよりも川上啓太という男は五十谷翔子に甘いようね。

『とうっ』

『見えた！　あれがジャンプかっ！』

開始直後の今、ああやって飛んだところで攻撃できないんだから、飛ぶ意味はない。

つまりあれはわざわざ見せてくれたってことでしょう。

なにせ索敵のためにジャンプするってことは、当然相手からも見えるってこと。

特に御影型は魔力を使ってジャンプ力を増しているから、光を纏《まと》っているように見える。

だから遠くからでも見えるのよね。

ただ、ねぇ。

遠距離射撃を旨とするが故に射程一〇キロを超える一二〇ｍｍ滑腔砲と一五五ｍｍ榴弾砲《りゅうだんほう》を携行している御影型と違い、近・中距離戦闘を旨とするが故に遠距離攻撃手段を持たない草薙型では相手が見えたところで、できることはないわ。

もちろん私も五十谷翔子もそれは知っている。

だから彼と戦うにはどう狙撃を防いで距離を詰めるかが重要になるんだけど……。

『朝はもちろんだが、放課後のナパームの匂いも格別だ！』

『は、はぁ⁉︎』

「まぁ、そうなりますよねぇ」

一五五ｍｍ榴弾砲から放たれる焼夷榴弾《しょういりゅうだん》。相手は焼け死ぬ。

二戦目、終了。

所要時間、一六秒。

五十谷機、大破。

機士、死亡。


「うーん。あれが件の大攻勢で中型の魔物と小型の魔物を大量に焼き殺した焼夷榴弾の雨ですかぁ」

確かに隠れることで狙撃は防げる。狙撃手が見えるのであれば射線から隠れればいいだけ。

でも、御影型の攻撃は狙撃による単体攻撃だけじゃない。言うなれば範囲攻撃が存在する。

(あたり一面を焼き尽くす一撃を防げないと丸焼きになるしかないって、なんていやらしい戦い方なの。いや、魔物相手にはとても有効的な攻撃なのだから非難するのはおかしいのだけれども)

「う~ん。大型の魔物なら耐えられるかもしれないけど、少なくとも草薙型は無理ね。もう単騎で勝てる相手ではないと認めるしかないのかしら?」

戦場の花形とされている草薙型の乗り手としては思うところがないわけでもないけど、ここまで実力差を見せつけられては認めるしかないわ。ただ、なにかしら勝っている点は探したいところよね。

噂では近接戦闘が苦手らしいけど、向こうが乗ってくれるかどうか。

『……まだやるかい？』

（よし。少なくとももう一回はできる、か。よかったわ）

『やってやるわよ！　でも、準備があるからちょっとだけ待ちなさい！』

『了解』

「ん～。元気ですねぇ」

『那奈っ！』

「はいはい」

他人事じゃないからね。協力は惜しまないわよ。

できたら私がやるときのために弱点とかを見つけて欲しいんだけど、さすがに無理かな？

願わくは良いデータが得られんことを……ってね。

三

『はい。どーん』

『なぁ!?』

三戦目、終了。

所要時間、二八秒。

五十谷機、大破。

機士、死亡。


『……っもう！　理不尽すぎるでしょ！』

シミュレーターの中に五十谷の声が響く。

「これで三連敗ですかぁ」

三戦目。とうの昔に啓太への遠慮や配慮を捨て去っている五十谷とて、一〇秒攻撃を中止した上で姿まで見せてもらっている中で、これ以上のハンデを付けてもらうのは機士としてのプライドが許さなかったのか、追加のハンデはなし。

ただしフィールドは半径五〇〇ｍの【戦場】で、さらに状況を市街戦に設定したり、スタート位置を調節して遮蔽物を増やしてみたのだが、結果は建物の上に出た頭をぶち抜かれて三〇秒と持たずに敗北した。

「索敵範囲からして違いますからねぇ。それとあの巨体で細かい動きもできるんですかぁ？……隙がありませんね」

市街戦に於《お》いて、建物を破壊しないよう機体を操るのは意外と難しい。

人を模した動きができる草薙型でさえそうなのだから、上半身が人で下半身が獣……獣？　とにかく四脚の御影型ではまともに動くことも難しいだろうと思い——公平さという点では著しく問題があるが弱点を探るという点では有用だし、なにより相手が承諾したので問題ない——この舞台設定にしてみたのだが、結果は見ての通り秒殺である。

『どうなってんのよ！』

相手は遠距離狙撃型なので中距離戦闘に持ち込めれば勝機はある。

そう考えたが故のシチュエーションなのに一方的に見つけられて狙撃されてしまったのだ。五十谷翔子でなくとも文句の一つくらいは出るだろう。

理由としてはいくつかあるが、その最たるものが先ほど那奈が言ったような、彼我の索敵能力の違いにある。

元々中・近距離用の機体であるが故に、八房型や通常兵器を持つ部隊に索敵を任せている草薙《くさなぎ》型と違い、御影型は遠距離狙撃型。それも単体で活動することを前提に開発されたが故に索敵能力は非常に高い。

ただでさえそうなのに、啓太が乗る試作一号機は大量の魔物を倒しているので製作者である最上重工業の技術者でさえ想定していないレベルで成長しているのである。

よって両者の機体性能の差は、まだ初陣すら果たしていない彼女がどうこうできるレベルにないところまで離れてしまっている。

そこに啓太自身の成長も加わるのだから、索敵の速度に差が出るのは当然の話と言えよう。

それ以外にも理由はある。

それは御影型が翔子や那奈が想定していた以上に市街戦を苦にしていなかったことだ。

前述の通り、六ｍを超える機体を操る機士にとって、市街戦とは非常に神経を使うシチュエーションである。建物を壊さないことはもちろん、信号や街路樹、電線などが行動を阻害するからだ。

もちろん『市街戦になった時点で民間人とかはいないんだから建物の損害なんか関係ない！』という意見はある。復興作業も大事だが、それ以上に勝つこと——もっと言えば生き残ること——が優先されるのは当然の話なので、状況によっては『射線が通らない！』と言って建物やら電線やらを優先して破壊する機士もいるくらいだ。

（彼もそうだったら話は早かったんだけどね）

力任せに来るのであれば侵攻方向もわかるし、罠《わな》を張るなどして対処することも可能だろう。距離の関係上、索敵のためにジャンプしたならそこを狙って撃つことも可能だ。

だからこそ那奈も、向こうにとって最適の距離ではなく、草薙型が有利とされる中距離なら、少なくとも一方的な戦いにならないだろうと思っていた。

しかし背中や脚部から魔力を放出できるということを自覚した啓太は格が違った。

小刻みなジャンプを繰り返しながら、その都度魔力を補助推力とする謎の動きで上下左右に動きつつ、五十谷機を見つけたと同時に撃つ。そんな、傍から見てもわけのわからない挙動を見せたのだ。

『……なによこれ。こんなの機体の動きじゃないでしょ』

第三者視点からの映像を見せられた翔子の反応もむべなるかな。那奈とて同じ気持ちだ。

しかし実際にこういう動きをする敵が現れた以上、軍人である彼女たちに対処しないという選択肢はない。

実際市街戦に於ける小型の魔物は縦横無尽に動くことで知られているのだ。

機体にできて魔物にできないはずがない。一つの油断が死に繋がる環境にあるからこそ、これから戦場に出ることになる彼女たちに油断をする余裕などないのである。

「これも良いデータが貰《もら》えました。そう思いましょう」

『……そうね』

事実、御影型による市街戦のデータが貴重なものであることは間違いない事実だ。

なんなら第六師団と第八師団だけでなく、第一師団や第二師団も欲しがるデータでもある。

これを得られただけで三〇万以上の価値はあると言える。

「ええ。今は対処できませんけど、いずれできるようになればいいのです」

『そう思わないとやってられないわね』

「で、次なんですけど、同じシチュエーションで良いと思うんです」

『……なんでよ？』

「大前提として、向こうは遠距離狙撃用の機体でしょう？　そうである以上、射角が限られるこのシチュエーションを得意としていないことは確かなんです。なので『向こうよりも先に見つけることができれば一矢報いることができる』という考えが間違っているとは思えません」

『それは、そうね』

「ですから、次は遮蔽物《しゃへい》の陰に隠れて待機する方針を採用していただければ」

『なるほど。私が見つかるのはアイツを探そうとするから。機体の性能もあるけど、個人としても実戦を積んだアイツの方がそういう能力は高いからね』

「ええ。そう思います」

『悔しいけど、能力の差があることは認める。だから私は、無理に探そうとするんじゃなく、向こうが私を探して動いているところを見つければいい。そういうことね？』

「はい。そちらの方が、運任せで探すよりもよっぽど可能性は高いと思います」

動かなければ見つからない。もちろん、隠れているところを見つかって狙撃される可能性もある。

だが、スキルや性能に差がある以上、どこかで賭《か》けに出なければ勝負にもならないのもまた事実。

那奈は今回のような場合『動かないこと』こそが、その賭けになると考えていた。

もちろん彼女がこの考えに至ったのには他にも理由がある。

(彼は五十谷翔子には甘い。彼女の意図を悟ったなら、彼は必ず彼女が求める行動をするはず)

これまでの会話や、今回の模擬戦で確信した答えである。

翔子に言えば『余計な気を回すんじゃないわよ！』と声を荒らげるだろうが、事実なのだから利用しない手はない。

尤《もっと》も、被害を顧みずに焼夷榴弾《しょういりゅうだん》を使われたら隠れる意味がない。

よって焼夷榴弾の使用を禁止した上で行われた四戦目。その結果は……。

◆◆◆

『ん？　あぁ、そうくるか。いいだろう、受けて立つ』

『見つけたわ！　その体勢じゃ避けられないでしょ！　四〇mm機関砲を喰らいなさい！』

（よしっ）

『甘い』

『は？』

「え？」


四戦目、終了。

所要時間、八九秒。

五十谷機、大破。

機士、死亡。

「四〇ｍｍ機関砲を真正面から抑える盾もそうですけど、片手で防御して、空いた方の手で四〇ｍｍ機関砲を叩《たた》き込《こ》むなんてことも可能なんですか⁉」

『なによあの力！　理不尽すぎるでしょ！』

「本当にそうですよねぇ……」

もちろん、那奈も翔子も盾を使うこと自体は問題ないと思っている。というか御影型の上半身が通常型なのは、元々そういう用途で使用することを想定しているからだ。

よって、二人共盾については理解も納得もしている。

故に彼女たちが問題としているのは盾を使ったことではない。盾の性能そのものと、それを使いながら自分たちが両手で使用している兵器と同様の兵器を使って反撃してきたことだ。

まず盾。上半身部分を覆うかのような大きさと四〇ｍｍ機関砲を完全に防ぎきる硬度を両立させている時点で色々とおかしいのだが、絶対にありえないというわけではない。

実際素材の専門家ではない那奈も、わずか数秒しか見ていないにも拘わらず、盾の素材についておおよその見当をつけている。

（おそらく大型の魔物の装甲を加工したものでしょうね）

大型の素材は、本来であれば砲撃によって原形をとどめていないものしか残らないので、盾に使えるようなものが見つかることはなかった。もし見つかったとしてもその全てが研究用に回されるため、学生である啓太や財閥系ではない最上重工業に回ることはなかっただろう。

今まではそうだった。

だが、今の彼らであれば話はがらりと変わる。なにせ盾の原料となった大型の死体をほぼ無傷で手に入れることができたのは、先の大攻勢に於いて御影型に乗った啓太が大型の魔物に対してヘッドショットをキめ、他の部位を破壊することなく一撃で仕留めたからだ。

故に啓太の機体を補強するという目的であれば、優先的に啓太と最上重工業に素材が回されることもおかしなことではない。

そして大型の装甲に四〇mmが効かないのは見ての通り——正確に言えば盾《装甲》に魔力を通す必要があるが那奈はそこまでの情報を持っていない——だ。

（正面からきたときは随分と五十谷翔子に甘いと思っていたけど、あれは甘さじゃなくて余裕、か。思っていたよりもイイ性格をしているわね）

確かに、こちらの攻撃が通用しないとわかっているのであれば、いくら誘いに乗っても問題ないだろう。

一応奇襲を受けることを警戒したのかもしれないが、真正面から接近されては奇襲もなにもない。

結果、翔子は正面から四〇mm機関砲を打ち込むことになり、完封されてしまった。

それだけの話だ。

（盾については量産を待つしかないでしょうね。草薙型が携行できるようになるかは技術部に期待するとして……当座の問題は、盾をかいくぐって攻撃を当てる方法と、向こうの攻撃を防ぐ方法よね）

啓太は翔子の攻撃を盾で受け止めながら、翔子と同じ四〇mm機関砲による斉射で反撃を行った。

つまり、中距離戦でも草薙型と同様の火力を用いることが可能ということだ。

ちなみに、元々四〇mm機関砲は草薙型が携行できる兵器の中で最大の火力を誇る武器である。

その威力は中型なら数発、小型なら一撃で爆散させる程度の火力がある反面、当然その反動も強く、草薙型の場合であれば両手に加えて体をも使って反動を抑えなければまともに標的に当たらないほどの反動がある兵器だ。

(それを片手で振り回すって? 五十谷翔子じゃないけど、本当に理不尽だわ)

だが啓太は、彼が操る御影型は当たり前のようにそれをやる。できてしまう。

片や盾を構えながらの斉射を行う御影型。片や両手で抱えていたが故に無防備だった草薙型。どちらに軍配が上がるかなど、確認するまでもない。

元々単騎で重砲を扱う御影型には草薙型にはない重さがある。それによって反動を抑え込むのは知っていたが、あそこまで器用にできるなんて想定外だ。

(この分だと近接戦闘が苦手というのも、遠距離に比べればという枕詞がつくのかもしれないわね)

何となく結果が見えてきた那奈だが、彼女の立場ではそれも試さないわけにもいかないわけで。

「では～。次は私にやらせてもらえますかぁ？」

『……ええ。そうね。一度外から見させてもらうわ』

翔子が那奈の提案にあっさりと頷《うなず》いたのは、度重なる秒殺で心が折れた……わけでない。

あくまで一度冷静になる必要があると判断しただけだ。

そして翔子は近接戦闘における那奈の強さを知っている。

『次は那奈に代わるわ。セッティングするからちょっと待ってて』

『りょーかい』

「……余裕、ありますねぇ」

『闘技場に意味はない』という風潮は確かにある。

しかし個人技に全く意味がないわけではない。

「では、一矢を報いさせていただきましょうか」

川上啓太とその機体が理不尽の権化だということは理解した。しかしながら、そもそも武術とはそういう相手と戦うための技術である。

まして相手は半年前まで一般家庭で過ごしてきた一般人。軍学校に入学したことで多少は学んだのかもしれないが、技術とは一朝一夕でどうにかなるものではない。

(彼には武門の娘として積み上げてきたものを堪能してもらいましょう)

勝てるとは言い切れない。だが苦戦はさせてみせる。

『覚悟』を以て挑んだ那奈の一戦目は……。

結論からいうと、川上啓太が操る御影型は闘技場《近距離戦闘》でも理不尽な存在であった。

◆◆◆

『さぁ。武術の妙を味わっていただきましょう』

半径五〇mのフィールド。通称【闘技場】。

人間からすれば十分広いフィールドだが、体高が六mもある草薙《くさなぎ》型や御影型からすればそれほど広いわけではない。

主に軍学校の生徒が近接戦闘の技術を学ぶ際に利用されるが、先述したように軍関係者からは『こんな状態で戦闘が始まることはありえない』という理由から忌避されがちなフィールドである。

尤も、日本における最初期の機体開発のコンセプトは対機体用であったので、近接戦闘技術自体が無駄だと思われていたわけではない。

また、機体を用いた射撃訓練や連携訓練など簡単に行えるわけでもないので、シミュレーターを持たない家では基本技術として武術を学ばせる傾向にある。

そのため昨今では『近接戦闘ができない生徒は怠け者』というレッテルが貼られたりするのだとか。

主席で入学した武藤沙織が、参謀の家の出でありながら高い水準で——あくまで学生基準だが——近接戦闘をこなせるのもこういった風潮が関係している。

学生たちがその技量を競う中で、主席入学者である武藤沙織でさえ『総合力ならまだしも近接戦闘では勝てない』と言わしめるほどの実力を誇るのが田口那奈その人である。

ナギナタを携えるその姿は、それだけで彼女が一流と言っても差支えのない技量を持っていることを証明している。

対して啓太はどうか。グレイブのようなものを持っているが、どう見ても素人感が否めない。

「いや、素人にしては堂に入っている、かしら。多分だけど教本かなにかで学んだのでしょうね。でも圧倒的に対人経験が足りていない事実は変わらない。それじゃ那奈には勝てないわ」

距離が短ければ短いほど技量の差というのが出るものだ。

それに鑑みて、啓太と那奈の差は歴然。

残るは御影型と草薙型の差だが、遠距離狙撃に特化している御影型と、近・中距離戦闘を想定して乗り手の戦闘技術が反映されやすいよう造られている草薙型を比べれば――あくまで闘技場という限られた空間内に限るものの――コンセプトの時点で草薙型に分があるのは自明の理。

もちろん今回の条件として自爆覚悟で焼夷榴弾を放つのは禁止しているので、相討ちもない。

「那奈の勝ち、ね」

外から両者を見比べた翔子はそう結論付けた。

正直に言えば、自分が連敗――それも一方的に――した啓太が負けるのは面白くはない。

だが負けっぱなしというのも面白くない。

「……次は私も【闘技場】でやろうかしら」

弱点を突くようで少し後ろめたいところがないわけではないが、戦いとは相手の弱点を突いてなんぼである。

ただ、遠距離狙撃用の機体に近接戦闘で勝ったからと言ってなにを誇れというのかという思いもあるのが複雑なところである。

「あぁ、いや。まずは観ましょうか。機体の性能差が戦力の決定的な差ではないということを、ね」

頭を振って眼前の映像に集中することにした翔子。結論から言えば彼女の行動は正しかった。


【状況開始】

『キックゥ！』

『キャッ！』

【状況終了】


五戦目、終了。

所要時間、一・六秒。

田口機、大破。

機士、死亡。


『……は？』

「……あぁなるほど。外からだとこう見えるのね」

予想外ではある。

翔子もまさかここまで一方的に終わるとは思っていなかった。

しかし岡目八目とでもいうのだろうか、傍から観てみればこれが実に妥当な結果だということが理解できてしまう。

『しょ、翔子さん⁉』

「えぇ。わかる。わかっているわ」

今の那奈が感じている混乱は、つい先ほどまで自分が経験していたものだ。

故に翔子には那奈が今なにを言いたいのか、そしてなにを聞きたいかが理解できている。

そして翔子には現状を理解できていなくて混乱しているクラスメイトに対して焦らすような真似をするつもりもなければ、煽《あお》る趣味もない。

「シールドバッシュよ」

『はい？』

「だから、シールドバッシュ。アンタがやられたのはシールドバッシュよ」

『えっと。それって、その、盾を持った兵士がやるアレ、ですよね？』

「えぇ」

何故か掛け声はキック――正確にはキックゥ――だが、やったことはシールドバッシュに間違いない。

（ミスリードでも誘うつもりかしら？　ま、掛け声はさておくとしても、考えてみれば当たり前の話よね）

相手は自分たちよりも三倍以上重い――実際は五倍以上重いのだが、最新情報は公開されていない――が、自分たちの倍の足、つまり四本の脚を備えているが故に自分たちを凌駕《りょうが》する機動力を有し、四〇mm機関砲でも傷一つ付かない頑強な盾を持っている。

その上魔力を放出することで機動力にブーストが入るのだ。

ここまで条件が揃《そろ》えば、やることなど一つしかないではないか。

そう。それこそが突撃。

武術なんざ知らん！　を地で行く原初の一撃。

その威力は今見た通り。その有様は正しく交通事故。

モロに喰らった那奈の機体は、高速で突っ込んできたトラックと正面衝突した軽自動車が如くぐちゃりと音を立てて潰《つぶ》されてしまっている。

（那奈の機体が吹き飛ばなかったのは吹き飛ぶ速度よりも向こうが速かったからかしら。まぁなんにせよ、草薙型が機体同士の衝突の衝撃を一〇〇％受けたらああなるってことね。また一つ貴重な情報を得たわ。……使えるかどうかは知らないけど）

ちなみに啓太の機体には傷一つ付いていない。衝撃で腕関節が破壊された様子もなければ、もちろんシールドも健在だ。その気になればこのまま連戦だってできるだろう。憎らしいほどのノーダメージである。

『シールドバッシュ？　つまりグレイブを弄っていたのはブラフ？　やってくれるっ！』

（地が出ているわよ。気持ちはわかるけど。でも勘違いはいただけないわ）

「いいえ。アイツはもう片方の手でグレイブを掴《つか》んでいた。おそらく回避に成功したら、体勢を崩したところを薙《な》ぎ払《はら》うつもりだったんでしょう」

『……ッ。油断も隙もないわねっ』

アレを回避するとしたら横転だろうか。

だが回避に成功したとしても間違いなく体勢は崩れている。

そこを突かれたら終わり。

そもそも、高速で突っ込んでくる騎兵が相手では武術が介在する余地などない。

いや、達人と呼ばれるような人間であれば別かもしれないが、少なくとも翔子には無理だ。

(防御はできない。回避も駄目。反撃も通用しない。打てる手がないんだけど。どうすんのよ、これ。近接戦闘が苦手？　馬鹿言ってんじゃないわよ！)

『くぅっ』

内心で悪態をつく翔子と、おそらく翔子と同じ結論に至り、今も必死で頭を回転させているであろう那奈。

『まだやるかい？』

そんな二人の思いを知ってか知らずか、啓太は本日五回目となる問いかけをしてきた。

『こ、このっ！』

「落ち着きなさい」

『……翔子さん。でもこれはっ！』

外から観ていたときは『まだやってくれるのね。ありがたい話だわ』などと受け止めていた那奈だったが、実際に敗北したあとだと受け止め方も異なるのだろう。完全に自分が煽られていると勘違いしてしまっていた。

だが翔子は知っている。

（あれ、煽っているんじゃなくて、単純に一〇万円が欲しいだけなのよねぇ）

煽りではなく期待。それも自分や那奈が健闘することではなく、きちんとお金を落とすことを期待しているだけなのだ。

（ムカつくにはムカつくけど、私たちだって後輩を相手に指導するときは後輩を敵とは思わないものね。現状それだけの差がある以上、あの態度も認めざるを得ないわ）

敵として見られていないということに思うところがないわけではない。

だが、自分に置き換えてみればそれも納得できるのだ。

（同級生との模擬戦だと思うから駄目なのよ。これはエースに指導してもらっていると思えばいい）

この場合自分たちがすべきことはなにか？

相手の態度に憤ることか？

違う。挑戦《一〇万円を積む》を続けることだ。

「那奈」

『……何でしょう？』

「とりあえず最低でもあと二戦して。フィールドは【広域戦場】が一回。通常の【戦場】が一回。

……理由は言わなくてもわかるわね？」

『……ええ』

単純に翔子が前記の二箇所での啓太の動きを見たいというのが一つ。

そしてもう一つは翔子と啓太の戦闘を見た那奈がどんな動きをするのか見たいというのが大きな理由となる。

当然那奈としても翔子が撃破される様をただ見ていたわけではない。

こうしたらどうなるだろうか？　こう動けば啓太はどう動くだろうか？　と自分に当てはめてシミュレートをしていた。

それを翔子に伝えなかったのは、翔子と那奈の技量の違いや、啓太に飽きられて『もういいや』と言われるのを恐れたが故。

これは那奈の考えすぎと思われるかもしれないが、これまでの模擬戦を省みて啓太に得るものがあるとは思えなかったが故に那奈がそう考えるのは何らおかしなことではない。むしろ自然な考えと言える。

しかし那奈と違って、それなりに啓太の性格を掴んでいる翔子にはその恐れがない。

だからこそ、翔子にはこんな提案ができる。

「啓太。次は【広域戦場】で一回。それが終わったら【戦場】で一回よ。そのあとは【闘技場】で二回やりたいわ。できるかしら？」

『ちょっ！』

『大丈夫だ。問題ない』

（コイツは、本っ当に……）

自分で言っておきながらなんだが、こうもあっさり承諾されると、それはそれで面白くはない。

だがここで怒っては意味がない。翔子にとっての本題はここからなのだから。

翔子は蟀谷《こめかみ》に青筋を立てつつも、努めて冷静な声を出して、考えていた案を口にする。

「……【闘技場】では私と那奈の二人でアンタと戦うつもりだけど。それでもいいかしら？」

（さて、どう出る？）

『は？』

思いがけない提案に思わず呆《ほう》けた声を上げたのは啓太、ではなくもう一人の当事者である那奈だ。

そんな那奈を放置して、啓太は翔子の提案に対して（自分でもどうかと思うがそれでもいけたらいいなぁ）などと考えつつ、己の要求を伝えることにした。

『ん？　んー。二人相手の場合はそれぞれから料金を貰うけど、それでいいか？』

『はぁ⁉』

（……これで煽っていないってんだから恐れ入るわ）

啓太が心配したのは二対一で戦うことではなく、それぞれから一〇万円を貰えるか否かであった。

那奈の立場からすれば完全に舐《な》められていると思うだろう。翔子だってそう思う。だが事実は違う。

啓太は金が欲しいだけだ。これが舐めていると言えばその通りなのだろうが、啓太の実績がそれを否定する。

（私たちには舐められる資格さえない）

「もちろんそのつもりよ。那奈、そういうわけだから準備よろしく」

彼我の差を自覚しつつも、クラスメイト――それも他者から見れば見目麗しいとも言える年頃の少女たち――に対してもある意味で歪《ゆが》みのない態度を見せる啓太に対し、溜息《ためいき》を堪えつつ承諾する翔子の図である。

『いや、ちょっと！　翔子さん⁉』

苛立《いらだ》ちながらも納得した翔子に異議を唱えたのは、頭越しで決められた対戦に納得できていない那奈だ。

【広域戦場】や【戦場】での模擬戦はいい。

自分でも確かめたかったことを試す機会だ。

啓太が許すなら翔子と同じように二回ずつやらせて欲しいくらいである。

だが【闘技場】の二回はなんだ。

確かに、まともにやっては勝てないだろう。

彼我の差が、技術が介在するレベルにないのだから当然だ。

現状で勝利を掴むためには相当な準備やハンデが必要なのもわかる。

だがそのハンデが二対一――それも相手が苦手としている近距離戦を指定する――とはどういう了見か。

自分に武人でもない相手を嬲《なぶ》れとでもいうのか。

激昂《げきこう》しそうになる那奈だったが、翔子とてなにも考えていないわけではない。

「那奈。私たちとアイツにはそれだけの差がある。いいえ。二対一でも勝てない。まずはそれを自覚しなさい」

『それはっ！』

「私たちに必要なのは経験なのよ。それも圧倒的な、言い訳のしようもない完全な敗北の経験。それを経験することで初めて私たちは心のどこかにあった驕りをなくすことができるの」

『……』

武門の出だから。

子供の頃から鍛えてきたから。

そんなものが理不尽溢《あふ》れる戦場で何の役に立つのか。

那奈は模擬戦の前にこう言った。

『武術の妙を味わっていただく』と。

翔子は模擬戦の前にこう言った。

『那奈の勝ち』と。

だが実際はどうだ。

勝負？　同じ土俵の上にすら立っていないではないか。

これが驕りでなくて何だというのか。

戦場では驕った者から死んでいく。

こんなこと、武人にとっての常識ではないか。

「経験しましょう。どうしようもない敗北を。学びましょう。理不尽を。それが今の私たちには必要なのよ」

『……そうですね。ええ。そうです。仰る通りです』

元より勝てるとは思っていなかったではないか。

で、あるならば、何が何でも食らいつくという気概を見せなくてどうするというのか。

プライド？　模擬戦にそんなものは必要ない。

ただ必死で、手段を選ばずに食らいつく。

それが教えを受ける者の態度というものではないか。

こうして翔子と那奈は覚悟をキめた。

負ける覚悟を。一般人に二対一で挑み、完敗するという恥を晒《さら》す覚悟をキめたのだ。

覚悟をキめた人間は強い。

『はぁぁぁぁぁぁ！』

『あぁぁぁぁぁぁ！』

軍閥嫌いの隆文でさえ思わず『学生とは思えねぇ気迫だ』と呟《つぶや》くほどの気迫を纏《まと》った二人が挑んだ模擬戦の結果は……。

『大・勝・利。各自何で負けたか、明日までに考えといてください』

『『……』』

【状況終了】
五十谷翔子　〇勝六敗
【広域戦場】二敗
【戦場】二敗
【闘技場】二敗
田口那奈　〇勝六敗
【広域戦場】一敗
【戦場】　二敗
【闘技場】　三敗

完敗であった。それも啓太に一切にダメージがないという、言い訳のしようもないほどの完敗である。

……この日二人の少女は『気合と根性で勝てるほど戦場は甘くない』という現実を、知識ではなく魂で理解することができたのであった。

四

田口さん相手の【広域戦場】での模擬戦は一回だけで終わってしまった。

具体的には、向こうが『狙撃を見てみたい』なんて言うから普通に撃って終了。

「まだやるかい？」って問いかける前に『……なるほど。わかりました。では次の【戦場】でお願いします』なんて言われたらな。さすがに聞けねぇよ。

で、二回行われた【戦場】での模擬戦。

一回目は普通に向こうが動き回っていたところをヘッドショットして終了。

経緯は大体五十谷さんと一緒だが、田口さんは姿勢を低くして警戒しながら動いていたせいで、その分少し時間がかかった感じだ。

二回目は田口さんが盾を携行してきたから、あえて盾の上から四〇ｍｍ機関砲で弾丸を撃ち込んでみたんだが……結果は数秒耐えられたものの、盾ごと大破して終了となってしまった。

草薙《くさなぎ》型って脆弱《ぜいじゃく》すぎませんかねぇ？

まぁ本体が一五トンしかないから、持てる盾の重量や材質に限度があるんだろうけどさ。

あれっておそらく中型の素材だよな？

生きてる中型をミンチにできる威力がある四〇ｍｍ機関砲を前にしたら意味なくね？

あれだと大型の攻撃を喰らったら盾ごと蒸発すんじゃねぇの？

いや、まぁ、おそらく中型かそれ以下の魔物の攻撃を防ぐためのものなんだろうから文句を言うつもりはないが、せめてもう少し頑丈な素材にしたらいいと思う。

そして最後の【闘技場】での模擬戦は、事前の宣言通り二回で終わり。

五十谷さんと田口さん対俺という変則マッチだったが、まぁ、な。

一戦目は、開始と同時に突撃を警戒した二人が横に転がったんで、そこを四〇mm機関砲で撃って終わったし、二戦目は転がるか防御するかで迷った田口さんをシールドバッシュで潰《つぶ》してリタイヤさせ、結果的に俺の後ろを取る形になった五十谷さんが俺に照準を付けようとしたところを横に飛び、いきなり標的が視界から消えたことで隙だらけの姿を見せたところを撃って終わった。

多分あと二回か三回やればもう少し良い動きができると思うんだが、さすがに一方的に負ける戦いで一戦一〇万円は彼女たちにとって色々とキツかったのだろう。

最後はまたも『まだやるかい？』って言う前に、ぐったりしたような声で『……もういいわ。今日はありがとう』って言われて終わってしまった。

実のところ二回目は接待プレイをしようとも思ったんだが、五十谷さんはそういうの嫌いそうだし、なにより俺にソレを気付かせない技量がないので諦《あきら》めた。

でもな。アレはあっちも悪いと思うんだ。

接近戦をしようにも重量も速度も違うんだから勝負にならないし、射撃戦をしようにもこっちは突撃した時点で次の行動を入力しているのに、向こうは突撃されてから照準を付けるんだもの。

そりゃ当たらんて。

別に機体を操作するにあたって、ゲームのように機体をボタンで操作するが如く扱うコマンドシステムが最良なんていうつもりは毛頭ないし、上から目線で説教するつもりもないんだ……彼女たちはもう少し、自分が機械を使っているっていう自覚を持った方がいいと思いましたマル。

結局、本日の模擬戦は【広域戦場】が三回。【戦場】が四回。【闘技場】が三回の計一〇戦。

手にした報酬は一二〇万円で終わりを告げたのである。

「……お前さん。近接戦闘が苦手なんじゃなかったのか？」

なにを仰る最上さん。

「え？　近接戦闘なんかしてないでしょう？」

ブレードで斬り付けたわけでもなければ蹴《け》りを喰らわせたわけでもない。シールドバッシュなんて言って誤魔化しているが、あんなの敵が同じくらいの機動力を持つ相手だったなら、後ろや横に飛ばれたあとに撃たれて終わりだ。

それと、移動や行動の切り替えの際にワンフレーム以上のラグがあるのもいただけない。

これは俺の腕の問題もあるのだろうが、少なくともこの程度では卓越した技量を持つネームドの烏には通用しないでしょうが。

あぁ、いや、いるかどうかの存在を例に出してもしょうがない、か。

最上さんにわかりやすいたとえを挙げるとすれば、そうだな。

「あんなの大型の魔物には通用しないですよね？」

「あぁ、まぁ。そりゃ、な」

中型はともかく、大型はこっちよりも大きくて重くて頑丈なんだ。

そんなのにぶつかったらこっちが負けるもんな。

そのくらいは最上さんだってわかっているだろう。

結局魔物用に使えない技術なんて無駄なのだ。

だから近接用の武装も改良する必要があるんだが、これがなぁ。

浪漫を優先するならもちろんパイルバンカー一択だと思う。

先端部分が真っ赤に燃えるヒートパイルでもいい。

だがそんな浪漫兵器を体長三〇M級の魔物や三〇M超えの特大型にぶち込めるかと言われると……正直自信がない。

ゲームなら被弾覚悟で行けたが、現実ではなぁ。

もちろん自爆覚悟で行けば当てることはできると思うが、それで殺せるかどうかは未知数だ。

いや、それ以前に威力不足で大型すら殺せないかもしれない。

そうなると俄然《がぜん》遠距離狙撃の方がいいんだよなぁ。

安全だし。頭を潰せば大型も殺せるってわかったし。

とにかく、今回の模擬戦でわかったことは、魔晶と機体に蓄えられている魔力は意外と応用が利くってことと、敵が魔力障壁を持たない場合、つまり対人戦を想定した場合は攻撃ではなく機動の補助に使った方がいいってことくらいだろうか。

無意味ではないがあまりありがたい情報でもないな。うん。

ただまぁ、今回の模擬戦だけで一二〇万貰ったから、それだけでも十分かな。

機体については最上さんがどうにかするだろうし。

「そんなわけで俺はさっさと帰って妹様と美味いもんでも食べに行こうと思うんですけど、どうですかね？」

「なにが『そんなわけ』なのかは知らんが、このまま帰れるわけねぇだろ」

「えぇ⁉」

何でさ！

五　最上隆文

「なにが『そんなわけ』なのかは知らんが、このまま帰れるわけねぇだろ」

「えぇ⁉」

「えぇ⁉　じゃねぇよ。何でそんなに驚いてるんだよ」

驚きたいのはこっちだっつーの。

と言っても、元々『近接戦闘が苦手』ってのはこいつの自己申告でしかなかったからな。

俺たちも確認しなかったのは悪かったのかもしれん。

でもなぁ。造った俺らだってこの機体で普通の近接戦闘は無理って判断を下していたんだぞ？

重量もそうだが、なにより問題なのは下半身の造りにある。

普通に考えて、四脚では踏み込みもなにもねぇからな。満足な踏み込みができないなら、満足な打ち込みもできない。武術の素人でも知っている常識だ。

　で、まともに打ち込めないなら、真っ当な戦いにはならんわな。

　だからと言って、本物の猛獣のように全身の筋肉やバネを利用して襲い掛かるには、人と同じ上半身が邪魔をする。

そんなこんなで、狙撃がメインになる遠距離戦闘に於《お》いては、人間が持つ頭脳と技術に加え、獣が持つ敏捷《びんしょう》性を兼ね備えた御影こそ最強だと言えるが、近接戦闘ではそれらは長所ではなく短所になると思っていたんだ。

それを、あんなに簡単にこなしやがって。

そのことを思ったまま指摘すれば、『あんなの近接戦闘じゃない』とか言い出しやがる。

恐らくこいつにとっての近接戦闘ってのは、距離がどうこうではなく、その戦い方。具体的には、双方が武器を振り回してぶつかるチャンバラのことを指すのだろう。

それでいけば、確かにさっきまでのアレは近接戦闘じゃねぇ。

だがな。世間一般で【近接戦闘】つったら近接した場合における戦闘のことを指すんだよ。

重さと速さを利用したシールドバッシュだって立派な戦法だし、それを予測して先んじて回避行動を取るのも技術なら、それ自体をブラフとして転がってるやつを狙い撃つのも立派な近接戦闘だ。

反面。こいつが言うようにシールドバッシュが自分より硬くて重い魔物に通用しないのも事実だし、シールドバッシュが通用しない以上、それを利用したブラフも意味がないってのもわかる。

ただしそれは相手が大型以上の魔物の場合だろうに。

もしかしてこいつ、現状草薙型や八房型に乗っている機士が『自分が戦うべき敵』として想定している相手が中型の魔物だってことを知らんのか？

（……知らん可能性もあるな）

なんたってオヤツ感覚で大型を撃ち抜くような奴だからな。焼夷榴弾《しょういりゅうだん》で潰せる中型なんざ『その他大勢』としか認識していない可能性もある。

（さて、ここで俺はどうするべきか）

誤解を正すのは簡単だ。だがそれで『じゃあ大型とはやらねー』と言われても困る。

それに、現在御影の量産型は遠距離からの砲撃で大型を削ることを想定して改良されているが、もし軍がこいつの戦い方を知ったら、現在草薙型で行われている全ての作戦行動を停止させてでも、草薙型と量産型を入れ替えようとする可能性だってあるんだよなぁ。

尤《もっと》も、こいつみたいに魔力を使って機動力にブーストを掛けて縦横無尽に動き回ることができる機士なんざいないだろうから、しばらくは遠距離攻撃の強化を急ぐだろうが、な。

「ま、どうでもいいや」

正直な話、すでに俺の手を離れた機体がどうなろうと知ったことじゃねぇ。

今は啓太とこの機体のデータをしっかり取って、それを試作三号機以降の機体にフィードバックすることだけ考えていればいい。いや、それだけに集中するべきだ。

「うっし！　頑張るか！　予想以上にいいデータも取れたしな！」

――まずは目の前のことに集中する。そう気合を入れた俺の下に、軍閥経由で面倒な仕事が舞い込んできたのは、それから数日後のことであった。

三章　新しい仕事

一

　一日で一二〇万円を手に入れた模擬戦から数日が経ったある日のこと。

「あぁ。今日はちょっと待ってくれ」

「はい？」

　今日も今日とてシミュレーターで訓練をしようとしたところ最上さんが止めてきた。

　端的に言ってこれは非常に珍しいパターンである。

　なにせ俺が乗っている機体は最上さんが奥さんや娘さんの反対を押し切ってまで造った機体だ。

　俺が乗れたからこそゴミ扱いされることはなくなったらしいが、そんな賭《か》けをした時点で家族内の立場は低い。故に今の最上さんはこの機体からデータを得ることに心血を注いでいる。

　正確に言えば、この機体から得られたデータをどれだけ次回以降に造る機体に反映させるかっていう見極め作業に心血を注いでいるのだ。

　そしてこの機体は俺以外には動かせない。それがたとえシミュレーターであっても、だ。

　そのため俺がシミュレーターを起動しないことには最上さんの目的は果たせなくなるわけで。

「……なにかデータを取る以上に大事なことが発生したんですか？」

そう考えるのが当然だろう。

そして俺からの問いかけを受けた最上さんの答えは、肯定。

「あぁそうだ。上からの依頼でな。お前さんにこれの実験をして欲しいんだとよ」

そう言って見せられたのは、通常兵器を運用する兵隊さんたちが装備している特殊兵装。

魔物の素材を利用して造られた人工骨格に、同じく魔物由来の素材で造った人工筋肉を付け足して造られた強化外骨格。所謂《いわゆる》パワードスーツの企画書だ。

「……正気ですか？」

「少なくとも、向こうはそうらしいな」

「はぁ」

「ちなみにこれは最上重工業《ウチ》で造っている新型でな。その兼ね合いもあってお前さんに頼みたいらしい」

「はぁ」

（それなら納得ですね！　とでも言うと思ったか？）

先述したように、パワードスーツは通常兵器を運用する兵隊さんたちのために造られているものだ。

大前提として、中型以上の魔物は魔力障壁と呼ばれる障壁を持つため、通常兵器ではまともにダメージを与えることができない。そのためそれらには機士や砲士が対処することになっている。

翻って小型に分類される魔物にはそのような障壁がない――あってもかなり弱い――ため、これらは通常兵器、即ち戦車などによる砲撃で処理されることが多い。

戦車で倒すのならパワードスーツの意味がないのでは？

と思うかもしれないが、ある意味ではその通りだ。

なぜならパワードスーツを装備した兵隊の役割は、接近してきた魔物から戦車を護る随伴歩兵なのだから。

元々戦車は装甲が厚い反面、視界が悪く奇襲を受けやすい兵科である。

この欠点は重火器が発展すればするほど致命的になるもので、例えば側面から対戦車砲を打ち込まれれば、一撃で履帯を破壊されたり、砲塔を破壊されたりすることだってある。ようするに戦い方によっては歩兵一人に負けてしまうのだ。

それを防ぎ、戦車を戦車として活躍させるために存在しているのが、戦車の周囲に展開して戦車への奇襲攻撃を防ぐことを職務としている随伴歩兵だ。

ただし、この世界に於ける随伴歩兵の役割は、対戦車砲を持つ歩兵への警戒ではない。

彼らは主に小型の魔物による奇襲や戦車への接敵を警戒するために存在する。

しかし、ただでさえ人間と野生動物ではその身体能力に大きな差があるというのに、仮想敵である魔物は魔力によって獰猛《どうもう》さや各種能力が底上げされている存在だ。

まして相手は小型と分類されてはいるが、大きいものは三m近い大きさを誇る元野生動物。当然二mを超えれば巨漢と言って差支えのない人間では、まともに力比べをできるような存在ではない。

事実、一昔前までは防弾チョッキやら防刃ベストといった対人間用に造られたモノしか装備して

いなかった随伴歩兵の損耗率は、恐ろしく高かったそうだ。

そんな中、あまりにも歩兵の被害が大きすぎるということで開発されたのが、対魔物用のパワードスーツである。

機体に使われている技術を余すことなく使われたこのスーツは、機動力や防御力だけでなく攻撃力も高めることとなったため、随伴歩兵の生存率と小型の討伐数を大きく上げることに成功したらしい。

また、それまで選ばれた者しか扱えなかった機体にだけ使われていた魔物の素材を、こともあろうに歩兵のために用意したということで、当時の元帥は軍部から絶大な支持を得たとか得なかったとか。

その辺の事情はさておくとして。

これだけ見れば機士が装備してもおかしくない装備に見えるが、実際のところ機士はこのパワードスーツを装備していない。

理由は簡単。パワードスーツを着衣したまま乗ると操縦席が壊れるからだ。

というのも、機体の操縦席部分は機械と肉っぽいナニカで構成されており、機士はそこに手足――正確には胸元まで――差し込んで機体と接続し、操作をしているのだが……実はこの際、機士は結構動くのだ。

喩えるなら、レーシングゲームで自機を右折させようとした際に体も一緒に右に動くあの感じがわかりやすいだろうか。

もちろん操縦席は設計段階で多少動いても良いように遊びを入れて造られているのだが、ここにパワードスーツの力が加わると細かい動きであっても遊びの部分ではカバーできないほどの力が発生してしまい、内部の機械が動きに耐え切れずあっさりと壊れてしまうのである。

このため機士は力や動きを補助するパワードスーツではなく、同じような魔物の素材を使っているものの、防弾性や対衝撃性能に特化しただけの、見た目は海が赤い世界の第三新東京市で不思議巨大生物と戦う少年少女が着ているアレに近いスーツを着込むのが通例となっている。

前記の理由から、俺がパワードスーツの性能実験をする意味は限りなく低い。

それでも、あえて俺がやる理由を挙げるとすれば、機士の生存率がどうたらいう可能性だろうか。

だがそういう目的であれば、まずは俺のような武術の素人――自分としては少しはできるつもりだが、公式に道場などに通っていたわけではないので、その道のプロである軍人から見たら素人でしかない――ではなく、田口さんのような武術に造詣《ぞうけい》のある人物か、五十谷さんや武藤さんのように武術も射撃もできる人物に頼むべき事柄だろう。

さらに言えば、俺は現在世界に一つしかない機体の性能実験を行っている真っ最中である。

つまり？　これは間違っても俺がやるような仕事ではない。

それでも俺にやれという。しかもこれは最上さんの趣味ではなく上からの命令らしい。

それらから導き出される答えは……。

はいはい。大体理解した。

そう遠くないうちにくると思ったが、まさかここまで早くくるとは。

見抜けなかった。この啓太の目を以てしても。

この命令を出した人間の意図。それは俺を殺すことだな。

◆◆◆

他の人間が聞けば『なんでそうなる？』と首を傾げるだろうが、啓太の中では確信があった。

それは啓太が他の派閥の人間を差し置いて昇進していることや、世界に一つしかない機体を動かせているという稀少《きしょう》価値を彼なりに理解しているからだし、なにより彼自身が持つ性質がそう訴えてきたからだ。

まず昇進については言うまでもない。クラスメイト――主に小畑健次郎――でさえ露骨に悪意を見せてくるのだから、上級生やその家族が啓太を目障りな存在だと認識していても何らおかしなことはない。むしろそう思っている方が自然だ。

次いで稀少性だが、研究者にとって啓太は不思議の塊である。故に第二次救世主計画に協力した少年のように、隅々まで調べたいと思う人間がいてもおかしくはない。

むしろ前例がいるというのにそういう連中がいないと考える方がおかしいだろう。

加えて、もっと短絡的な理由で『啓太がいなくなればあの機体を使える』と考える人間がいる可能性も忘れてはいけない。具体的には小畑健次郎とその周囲の人間がそれだ。

そして三つ目。周囲は正しく理解していないことだが、啓太には前世の記憶があるが故に前世から引き摺《ず》っている悪癖がある。

それは別に既存の常識を知らないことでもなければ、自分の行いを見て周囲の人間が驚いているところに『え？　ロボットってこうやって動かしますよね？』などと言ってキョトン顔を晒《さら》すことでもない。

啓太が前世から引き摺っている悪癖。それは、一般的には中二病や妄想癖などに分類される、思春期にありがちとも言われるソレ。つまり『むやみやたらと考察する癖』である。

人は『欲』によって動く。故に相手がなにを『欲』しているかを知れば相手の狙いも読める。

そういう考えを念頭に置いているが故に、この癖を持つ人間は他人の『欲』を信じ、疑うことをやめないようになる。

つまるところ、とにかく物事の裏を疑うようになるのだ。

具体的な例を挙げると、いきなり大金を渡されれば『この金で悪いことをさせる気か？　いや、この金を貰《もら》ったということがすでに何らかのトリガーか？』と疑う。

何の脈絡もなしに『いい話がある』と言われれば『あ、俺を嵌《は》める気だな』と考えるようになるのである。

啓太の両親が死んだ際にすり寄ってきた親戚《しんせき》から距離を取ったのも、彼らの目を疑ったのもあるが根元にはこの癖の影響がある。

軍学校に入学したあともそうだ。

入学したあと隆文が自分を特務少尉にしたのは機体の実験をするためだし、軍がそれを認めたのもシミュレーターで高成績を出したことを知ったが故に実際の機体を見たかったからだ。

そのあとで出世したのは大型を倒したからだし、ボーナスで二〇〇万円貰ったのも世界で唯一のテスターである自分を繋《つな》ぎとめるため。

五十谷翔子がことあるごとに金を出してくれるのも、それが最も確実かつ迅速に彼女が欲しいと思っている情報を得ることができる手段だと理解しているから。

そういった『欲』から来る『理由』があればいい。

それを理解していればこそ、啓太は隆文や翔子とそれなりに仲良くやれているのであるし、それらを知りつつ彼らの思惑に乗るのは、当然自分にも得があるからである。

翻って今回のこれはどうだ。

機士である自分がパワードスーツの実験をすることに何の得があるというのか。

パワードスーツの性能向上？　それに伴う生存率の向上？

それで大型に勝てるのか？　御影型の慣熟訓練やデータ取りよりも重要なことなのか？

否。断じて否。

さらに依頼主が上というのもいただけない。

上が、本来機士には必要のない装備の性能実験を武術もなにも知らない人間に求める？

それも危険がない上に成功すればそれなりの功績になるであろう実験を、よりにもよって昇進を羨まれている自分にさせる？

（はい。アウト。三アウトどころか五アウトです。次回は二アウトからお願いします）

啓太の価値観に於《お》いて、これはどう考えても『騙《だま》して悪いが』案件である。

（考えすぎ？　それのなにが悪い）

現時点では啓太の妄想でしかないが、少なくとも啓太はそう思うことにした。

（さて。これを命令したのは誰だ？　最上さんはどこまで関わっている？）

もちろん啓太にはそれを知りながら黙って殺されてやるつもりはない。

相手の裏切りが発覚した時点で反撃するつもりだし、なんなら発覚する前であっても疑わしいと思っているところに対して反撃を行う所存であった。

それが反撃と呼べるかどうかはさておくとして。

この日、啓太は『軍の内部に自身にとって明確な敵が存在する』ことを確信した。

――この確信が正しかったか、それとも誤りであったか。

それは他の何者でもなく、後の啓太が判断することである。

二

（ふむ。どうやら自分が嵌められそうになっていることに気付いたようだな。やはりこいつはその辺のガキよりもずっと賢い）

普通、軍学校に通う学生であれば、上からの命令が出たと聞けばそれがよほどの無理難題でもない限りは『出世の機会が訪れた！』と喜ぶものだ。

だが啓太の反応は真逆。いや、それよりもっと悪い。上からの命令と伝えたにも拘わらず猜疑心《さいぎしん》を隠そうともしない啓太を見て、隆文は苦笑い……などせず、啓太に対する評価をさらに一段階上げることにした。

それは何故か？　啓太が自らに下された不可解な命令から何者かの暗躍を確信したように、直接軍から要請を受けた隆文もまたこの命令の裏を感じ取っていたからだ。

尤《もっと》も、啓太は今回のこれを『自分を殺そうとしている』と受け止めていたのに対し、隆文は『俺を潰《つぶ》そうとしていやがる』と受け止めていたが、裏を疑っていることは一緒である。

（大体最初からおかしいんだよ）

今回の命令は、軍の上層部の中から『最上重工業さんは機体で結果を出した。であれば強化外骨格についても試作をお願いしてみてはどうか？』という声が上がり、周囲もそれに賛同したことに端を発している。

（表面だけ見れば違和感はねぇ。表面だけ見れば、な）

名分はばっちりだ。形式だけでなく、成果を重んじる軍人も納得できる、否、成果を重んじるからこそ否定できない名分だと言える。

しかし隆文からすれば、軍閥や財閥によって利益が独占されている中で新規参入を促すような意見が出ること自体おかしいのである。

なにせ通常であればそれなりの金を積み、大量の資料を纏《まと》めた上で何度もプレゼンを行ってようやく口添えが貰えるかどうかというものなのに――事実、御影型のときはそうだった――今回隆文はなにもしていないのだから。

（他の財閥とくっついている連中が勝手に俺を推薦する？　ありえねぇ。つーか迷惑だ）

今の隆文は御影型の試作一号機のデータ取りと現在製造中の試作三号機に関するあれこれで手いっぱいであり、パワードスーツにまで手を出す余裕などない。そのため推薦されること自体が迷惑でしかない。

だがしかし、迷惑だろうが何だろうがこれは軍からの正式な依頼である。

たとえそれが『試作品を作ってみないか？』という程度のものであり、まかり間違っても『造ったものを正式採用する』といった類のものではないにしても、正式な依頼なのだ。

もしこれを断れば、今後最上重工業はパワードスーツ事業に参入することが難しくなるだろう。

少なくとも財閥系や、今回話を持ってきた連中が『前回こちらが薦めたのに断ったじゃないか』と言って門前払いをしてくることになる可能性は極めて高い。

（ま、連中はそれも狙いなんだろうけどよ。ちっ。せめてこれが今じゃなかったら大喜びしていたんだがなぁ）

機体は、単価が高いがその性質から必要とされる絶対数が少ない。

対してパワードスーツは、単価もそれなりに高いが、それ以上にほとんどの軍人が使うということもあって需要が非常に多い。そのため、大きな利益が望めるジャンルとなる。

最上重工業としても、機体の製造に一段落したら参入しようと思っていたのでこの提案自体は渡りに船と言えないこともない。

だが、如何に需要が多いジャンルとはいえ、切り分けられるパイの量は決まっている。

これは最上重工業が割けるリソースという意味でもあるし、各企業が得られる分配という意味でもある。

前者については完全に最上重工業の内部の問題なのでさておくとしても、後者の理由から最上重工業に参入されては困るという企業が存在するし、そういった企業が最上重工業の邪魔をしようとすること自体は企業努力として当然の話である。

その『邪魔』の方法が、あえて推薦してくるという方向だったのはさしもの隆文も予想外のことであったが、その効果を見ればなるほどと納得するしかない。

もし最上重工業が断ったとしても向こうは一度手を差し伸べたという事実を得られる。

もし承諾したとしてもまともに労力をつぎ込めない以上、碌《ろく》なものはできない。

最上重工業を陥れたい連中としては、どちらに転んでも最上重工業の参入を防ぐことができるので損はないという寸法だ。

(頑張りすぎた、か)

隆文は内心で独り言ちた。

事実、ここまで彼らが警戒されるのは、偏に啓太と御影型の活躍にある。

機体に限らず軍に武器を卸している財閥系企業の関係者からすれば――啓太しか扱えないとはいえ――一度の戦闘で大型の魔物を一〇体と中型の魔物を多数葬るという実績を上げた御影型は理不尽の権化であり、それを製造した最上重工業が警戒の対象となるのは当たり前の話だ。

（それだけじゃねぇ。量産型がうまくいってねぇのも問題だな）

彼らは、第二師団からの依頼で最上重工業が作成していた試作二号機を半ば強奪同然に接収したくせに、今もなお碌な成果を出せていないという事実がある。

このままでは彼らの立場もなにもあったものではない。さらにさらに。最上重工業では試作一号機から得られたデータがつぎ込まれた試作三号機の製造まで行っているのだ。

片や量産型の製造に失敗し、片や試作三号機の製造に成功したとなれば、何のために試作二号機を接収したのかわからなくなってしまう。

量産型さえうまくいっていない軍の技術者や、それに協力している財閥系企業の面々にとって、現状は正しく針の筵《むしろ》であろう。だからこそこの一手だ。

試験を啓太にやらせることで試作一号機のデータ取りの邪魔をすると共にパワードスーツの製造に労力を割かせることで試作三号機の製造を遅らせることができる。

パワードスーツの製造に失敗すればヨシ。

製造できたとしても採用しなければヨシ。

なにせパワードスーツは他の企業も適時開発や改良を行っている兵装だ。故によほどの差がない限りは現状維持、もしくは同じ企業が開発、バージョンアップさせたものを使用するのが自然な流れとなる。

そのため、たとえ最上重工業を推薦した本人が、隆文らが造ったパワードスーツを見て『少々期待しすぎたようですな』とでも言って正式採用を見送ったところで非難をされることはない。

（どうせ向こうさんは『開発ご苦労様でした。次回の応募をお待ちしております』なんて返事まで用意しているんだろうよ）

最終的に最上重工業に残るのは、中途半端にデータを取られた試作一号機と、中途半端なパワードスーツと、データ不足で満足に組み立てられない試作三号機、となる。

量産型を軌道に乗せるための時間稼ぎと、最上重工業への嫌がらせを両立させた素晴らしい策だ。

考えた人間はそう自画自賛したことだろう。

事実、この策に穴らしい穴はない。

大体の流れを理解している隆文とて、相手の思惑を知りながらも応じるしかない。

それでもあえて隆文の利を見出すとすれば、労力をかけた分だけパワードスーツの製造に関するノウハウを得られるというところか。

無理に無理を重ねた上で肯定的な意見にすれば、未来への投資と言えなくもない。

まさしく『次回に期待』である。逆に言えば『次回に期待するしかない』とも言える。

（あぁ。そうだ。完璧《かんぺき》だ。ウチは追い込まれるだろう。もしかしたら今回の件で軍という顧客をなくし、倒産するかもしれねぇ）

ならどうする？

諦《あきら》める？

まさか。

妻や娘に冷たい目を向けられてなお浪漫を追求し続けた変態がこの程度で諦めるはずがない。

「……舐《な》めるなよ」

隆文はキレた。

舐めた真似をしてくれた軍の関係者に。

自分たちを締め出すために姑息《こそく》な手段を使ってきた財閥系企業の連中に。

なにより『お前ら如きに碌なモノは造れんだろう』という前提で策を立ててきた連中に。

「やってやろうじゃねぇか」

この策を提案した者や、提案を受けて実行した者は知らなかった。

最上隆文がどれだけ己の会社を愛しているのかということを。

最上重工業は前世の記憶を持つ啓太すら認める変態企業であることを。

国防の最先端を担う精鋭の第二師団すらも認めた変態企業であることを。

変態企業を変態企業として周知させるに足る変態《技術者》たちの存在を。

そしてその変態《技術者》たちに対し、御影型ができる前から『浪漫は否定しないけど、それだけじゃ飯も食えないしアンタらに払う給料もなくなるよ！　それが嫌なら、もっと売れそうなのを造りなさい！』と常識を説いた上で、売れそうな装備として需要が高いパワードスーツの製造を命じていた女傑の存在を。

「ええ。ええ。やってやりましょう」

「お前さん……あぁ、そうだな。お前さんも被害者だもんな。よし。やるぞ」

そして隆文も知らなかった。

前世の記憶を持つが故に色々とタガが外れてしまっている子供の怖さを。

魔物が大攻勢を仕掛けてきていた中でさえ『流れ弾』と称して司令部を砲撃しようとしていた子供の怖さを。

ただひたすらに己と妹の生活の平穏を求めるが故に、ある意味凶悪な犯罪者よりも行動に迷いがなくなった子供の怖さを。

この日、このとき、この場所で。変態と変態は本当の意味で手を組んだのであった。

——策士は策に溺《おぼ》れるものだし、手を出してはならないものに手を出した者は、問答無用で脳を焼かれることになる。それが常識というものだ。

ブチ切れた二人の変態の手によって加害者ぶった連中が被害者となる日は決して遠くない。

四章　最上重工業製強化外骨格開発計画

一

当然というか何というか、パワードスーツは機士も装備できる。

機体を操るのに邪魔だから装備しないだけであって、普通に装備できる。

機体を使った方が安全で確実に魔物を殺せるので、あえて機士用のパワードスーツは開発されていないが、装備自体はできる。

なので少し応用を利かせることができる技術者であれば【機士用強化外骨格】を造ること自体は不可能ではない。なんなら特定の人物専用のそれはすでに造られていたりする。

特定の人物とされる彼らは、機士になるには魔晶との適合率が不足しているが故に機体を操ることはできない。だがどうしても魔物と戦いたいということで、特注されたパワードスーツを着込んでいる。

汎用《はんよう》製品と特注品の区別は、魔晶を利用しているか否かである。

何でも特注品の装備者は『魔晶と多少でも適合できるのであれば攻撃に魔力を纏わせることができる』という特性を利用して魔物と戦っているのだとか。

具体例としては、第一師団所属の撃剣指南役、人呼んで【剣聖】や九州の大攻勢で指揮官を務めた第二師団の芝野雄平《しばのゆうへい》などはこれを使って中型の魔物——と言っても五Ｍ級だが——を討伐するという実績を上げている。

これらの実績から、特注品のパワードスーツも無用の長物ではないと認識されている。

だがしかし。

「確かに偉業だ。素晴らしい。へそ曲がりの俺だって素直に賞賛するしかねぇ。だがな、逆に言えば剣聖と謳《うた》われるような達人でも五Ｍ級を倒すのがやっとなんだ」

「ですよねぇ」

いくら頑張っても人間は三〇Ｍ級の魔物には勝てない。

当たり前の話である。

だからこそ機士がいるのだ。その機士だって三〇Ｍ級を仕留めるのは簡単ではない。

というか単騎では絶対に無理だ。啓太と御影型以外では。

「なので、軍の大半の連中はお前さんには機体に集中して欲しいと思っている。俺もそうだ」

「ええ。でもそう思っていないのがいるんでしょう？」

「そうだ。それが財閥系企業であり、そいつらと繋《つな》がっている政治屋どもだ」

「既得権益、ですか。わかりやすいと言えばわかりやすいんですけどね」

「あぁ。俺らの足を引っ張ったところで自分が死ぬと思ってねぇ。だからこんなことができる」

「なるほど。では俺たちがするべきことは？」

「二つある。まず一つ目。連中の計画を台無しにする。これはパワードスーツを採用させることで達成できる。そしてもう一つは……」

「もう一つは？」

「……軍の連中に死んでもらう」

「死んで？　まさか殺すわけでは……あぁ。もし大量の魔物が来たとしても『パワードスーツの試験中なので出られません』と伝えるってことですか？」

「そうだ。連中に対する意趣返しとしてはやりすぎかもしれん。だがここまでやらねぇと連中には通用しねぇと思っている。……お前さんはどう思う？」

「正直に言えば、別にどうとも。今回の件は、軍も無関係ではありませんし。なによりこんな時期にこんなことをする連中を放置しているわけですからね。彼らも少し痛い目に遭った方がいいとさえ思っていますよ」

その痛い目に遭うのが五十谷さんとか学生諸君なら考えもするが、そうでないなら問題ない。多少顔を知っている芝野大佐や佐藤《さとう》少佐はかわいそうだが、彼らはそう簡単に死ぬようなタイプではないので大丈夫だろう。

「そうか」

どことなくホッとしたような感じを出す最上さん。

自分でも外道の所業だと理解していたからこそ、俺に反対されるのを心配していたのかもしれない。

俺が正義感溢《あふ》れる主人公気質の少年だったらまずかったかもしれないが、俺だからなぁ。

「話を戻そう。前回の大攻勢に関する戦訓は確認しているか？」

「もちろんです」

　実験だけとはいえ、自分が参加した作戦だからな。

「それなら話は早い。知っての通り、これまでは二、三日に一回くらいの割合で確認されていた魔物の襲撃だが、大攻勢以降は一度も確認されていない。参謀本部の予想では、魔族が戦力を逐次投入して連続して緊張を強いるのではなく、一度に纏《まと》めて投入することでこちらに損害を出す方針に切り替えたと見ている」

「えぇ。そのようですね」

　逐次投入よりはよっぽどまともな作戦だと思う。尤《もっと》も、いくら魔物だからと言って大陸から泳がせるのはどうかと思うが。そのおかげで疲れているところを狙い撃てるのだから悪いことではない。

「で、軍の予想では半月～一か月後くらいにまた九州に来襲するんじゃねぇかと言われている」

「そうなんですか？」

「あくまで予想だがな」

「なるほど」

　さすがにそこまでは知らなかった。この辺は一学生に過ぎない俺と最上さんが持つネットワークの違いだろう。

　だがそうなると……。

「その、我々を邪魔に思っている連中は、魔物が大挙して来るのをわかっていながらパワードスーツの実験をさせようとしているんですか？」

「そうだ。馬鹿だろ？」

「ですね」

馬鹿以外の何者でもない。自分が死なないからそんなことができるんだろうが、現場からどれだけ叩《たた》かれるのか理解していないのだろうか。

……していないんだろうな。

きっと彼らの耳には現場の声なんざ入らない。入るのは側近や上役、自分に利益を齎《もたら》す人間の声だけなのだろう。

そのツケを支払うのは現場だ。ただしこの世界の現場は俺が知る世界の現場よりも殺伐としている。当然担当者を吊《つ》るし上げるだろう。場合によっては粛清されるんじゃないか？

（あぁ、いや。それが最上さんの狙いか。うん。悪くないんじゃないか）

俺一人だと、個人がナニカしてきたのであれば普通に報復したり、そいつの家に誤射するくらいのことはするが、できるのはそこまでだ。

相手が財閥だの軍閥といった組織の場合は普通にお手上げだからな。

軍閥に対する吊るし上げは他の軍閥にしてもらう。

財閥がやってきたことに対する報復も軍閥に吊るし上げてもらう。

こっちはあくまで被害者であることを崩さないって方針は悪くないと思う。

ただ、一応確認はしておこう。

「大攻勢が予想されるのであればこっちにも出陣の要請があるのでは？」

いくら備えているとはいえ、大型を狩れる戦力が多くいて困ることはないからな。

「打診はされている。だがこっちは正式な命令だからな」

企画書をひらひらさせながら最上さんは言葉を続ける。

「俺は軍人じゃねぇ。だがここにいるときは特務小隊顧問って立場になっている」

「ん～特務小隊って言われましてもねぇ」

俺と最上重工業の人しかいないんですがそれは。

「実験小隊って感じじゃよくある話さ」

「へぇ」

そうなんですか。としか言えん。

「重要なのは肩書じゃねぇ。いや、肩書も重要なのだが、今回はそこじゃねぇ。重要なのは今回のコレが、お前さんが隊長を務めることになる特務小隊に与えられた正式な任務だってことだ。尤も、戦力になるのはお前さんしかいねぇがな」

なるほど。正式な任務ではあるものの、戦力は回さない、と。

「内々の打診と正式な任務。優先されるのは後者ですもんね」

「そういうこった。しかもお前さんの場合、基本的に第二師団閥の所属と見られているが、正式には配備前の学生であって、第二師団に所属しているわけではないからな。命令権は市ヶ谷《いちがや》にあるってわけだ」

市ヶ谷つまり国防省である。確かに配属前の学生に対する命令権があるとしたらここだろう。

「そんなわけで、今回の件は国防政策局の運用政策課によって出された正式な任務になる。ただしこの任務は『期限を来年三月までとする』って期間以外の詳細は決まってねぇ」

「はい？」

決まっていないってなんぞ？

「やり方は任せるってことさ。なにしろことが性能実験だからな。魔物との戦闘も視野に入れる必要もある中で、会議室で決められた内容をそのまま強制するような真似はできねぇんだよ。ちなみに来年の三月ってのも単純に年度末だからってだけで、何らかの作戦があるわけじゃねぇ」

「あぁ。はい。わかりました」

魔物との戦闘は下手をしなくても普通に死ぬからな。

会議室で勝手に現場を無視した内容を決められても困る。

組織として考えた場合、本来であれば命令に従わない者を罰する必要があるんだが、この場合は従わないのが普通。というか『従えない』のが正しいのか。

それを理解していても、軍は命令に違反した者を罰しないわけにもいかない。

よって彼らは最初から細かい命令を出すのをやめて『細かいことは言わないから結果だけ出せ』って感じにすることにしたのだろう。

期間に年度末という制限をつけたのは、俺や最上さんが時間稼ぎをすることを封じるため、か？

（いや、普通に常識か。変態は期限と予算を明確にしないとどこまでも突っ込んでいくからな）

「……何か失礼なことを考えなかったか？」

「いえ、別に」

事実だから問題ない。

「……まぁいい。とりあえず俺らとしては、こうして期間以外のフリーハンドを得たからには利用しねぇ手はねぇ」

「ですね。ただその内容だと普通に大攻勢の迎撃に参加させられませんか？　迎撃を優先するように言われたらどうするんです？」

普通は言ってくるよな？

「そこも当然考えているさ」

「そのお考えを伺っても？」

あんまりにもあんまりな内容なら拒否するぞ。もし機密だから喋《しゃべ》れないって言われたら……その場合も拒否だな。作戦を隠すやつに碌《ろく》なやつはいない。俺は詳しいんだ。

「もちろんだ。……少し話は変わるが、ウチの実家、いや、本家は東北にあってな」

「はぁ」

まぁ最上だからな。イメージとしては山形な感じだから不自然ではないと思う。

「で、地元ではそれなりに大きな家でな」

「そりゃそうでしょうね」

そうでなければ財閥でもないのに軍需産業に参画できるような工業力がある会社を作れるわけが

ないからな。

「お前さんも知っての通り、現状日本は色んな国に援助を行っている」

「ですね」

実際に国防軍がベトナムやタイに遠征しているしな。

他にも色々な援助を行っているのは聞いたことがある。具体例は知らんけど。

「当然財閥系の企業もそれに関わっているが、地元の名士って連中も少なからず関わっているんだわ」

「ほほう」

そうやって貢献度を稼いだからこそ、最上重工業が軍需産業に参画できたのか。

それは理解した。そしてここまでくれば最上さんが言いたいことも何となく理解できる。

「そこで本題だ。お前さんも極東ロシアは知っているだろ?」

「……なるほど」

今回の件で最上さんが利用するのは極東ロシアか。

それなら俺が大攻勢に参加しない理由にもなるわな。

二

極東ロシア。正確には極東ロシア大公国。

一九五〇年代にソ連の構成国の一つであるロシア共和国から独立した、当時は【ウラジオストク】を首都とする立憲君主制の国である。

独立の経緯を簡単に言えば、まずソ連では帝政ロシアを滅ぼした後、赤軍による大粛清が行われたり、白軍と呼ばれる反赤軍との内戦が発生したことから説明する必要があるだろう。

この際、ロシアの貴族の大半が白軍に所属――白軍に所属していなくても赤軍からは元貴族ということで白軍扱いされた――していたものの、内戦は赤軍の勝利で幕を閉じる。

これによって貴族が一掃されたように見えたが、貴族は滅んでいなかった。

もちろんモスクワのような大都市圏にいた者たちはほぼ全てが粛清の対象となったし、男爵だの侯爵だのといった社会的な肩書はなくなったが、その血と権力は『地元の名士』という形で存続していたのである。特に田舎とされるシベリアや極東区域に於《お》いてその傾向は強かったらしい。

そんなこんなで田舎とされる場所で赤軍の脅威に怯《おび》えながら暮らしていた彼らだが、あるとき転機が訪れる。それが第二次世界大戦と大戦末期に召喚された悪魔の存在だ。

反ナチスで連合を結んでいた西欧諸国も対悪魔にかかりきりになり、戦車や弾薬などといった各種軍事物資を大量にレンドリースしていたアメリカも欧州から手を引いてしまう。

これに加え件の悪魔によって軍勢の大半が消滅してしまったソ連は、国内外で噴出していた貧困や飢餓などの問題を解決する術を持たなかった。

そこで動いたのが田舎で暮らしていた旧貴族や、ソ連建国時にモスクワから追放されて国外に逃れていた貴族たち。そしてソ連の動きを警戒していた日本であった。

日本とソ連は日ソ不可侵条約を結んでいたが、それはあくまで不可侵条約であって軍事同盟や経済的な繋《つな》がりを強める同盟ではなかった。

また当時の日本は今よりももっと権威主義が強かった立憲君主制を採用していたこともあり、帝政を打倒した挙句、社会主義を標榜《ひょうぼう》しながらも実質連邦共産党による一党独裁国家であるソ連とは相いれない関係にあった。

事実、ソ連は中華民国と共に反日思想の強い朝鮮共和国の設立に協力している。

これらの動きを受けて、日本政府はソ連との間に緩衝となる国が必要だと判断した。

そこで白羽の矢が立てられたのがロシア共和国の極東区にて燻《くすぶ》っていた地元の名士《旧貴族》たちだ。

帝政ロシア時代に貴族だった者たちは元の社会的立場——彼らからすれば誇り——を取り戻せる。

日本はソ連との緩衝地帯を得る他、朝鮮共和国や中華民国への牽制《けんせい》にもなる。

こういった思惑から、第二次大戦時の無理な戦線の拡大から解放されて一息吐くことができた日本は、最初の策としてソ連の中における最大戦力たるロシア共和国を分断する策を実行に移すことにしたのである。

両者の交渉は双方にとって得るものが多いためとんとん拍子で進み、わずか数年でロシア極東区は極東ロシア大公国を名乗りロシア共和国——ソ連ではなくあくまでロシア共和国——からの独立を果たした。

当然ソ連は反発したが、数年前に悪魔や魔族によって主力を打ち破られた彼らに余力を維持したまま引き上げた日本軍と戦うだけの力はなかったし、同盟国であった中華民国は東南アジアに攻め込む準備をしていたためこの時点で日本と表立って事を荒立てることを拒否してしまう。

朝鮮共和国は国内の権力者争いが片付いておらず半ば内戦状態にあったため、ロシア共和国の流れを汲《く》むが故にそれなりの戦力を持っていた極東ロシア大公国と敵対することができず、かの国の建国を黙認するしかなかった。

日本の勢力拡張に物申してくれそうだった西欧諸国やアメリカも悪魔や魔族との戦闘でそれどころではなく、最終的に極東ロシア大公国はソ連以外の誰からも反対されないという結果で以て独立を果たすこととなった。

とはいえ、場所が場所である。

農作物が育ちにくい環境ということもあり、極東ロシアは当初日本からの支援なしでは国家の運営も覚束ない状況だった。

これが改善されたのは、技術が発展しシベリアや極東区の開発速度が向上してからのことになる。

彼らにとって幸運だったのは、開発が軌道に乗るまでの間、なぜか魔族や魔物がシベリアや極東区に進出してこなかったことだろう。

尤《もっと》も、これに関してはちゃんとした理由がある。

それは悪魔からほどほどに人間を追い詰めるよう指示を受けていた魔族たちにとって、シベリアを越えたところにある極東地区は魅力のある土地ではなかったというものである。

そのため『わざわざここよりも寒くて辺鄙《へんぴ》なところに行きたいか？　俺は嫌だぞ』と赴任を拒否

したり『別に残してもいいだろ。全滅させなくていいなら放っておけよ』と放置をするような意見を出す魔族が続出し、その意見が他の魔族たちにも認められたが故に彼らは放置されることとなったという、何とも笑えない話があったりするのだが、当然そういった話が外に出ることはなく、あくまで『極東ロシアにとっての幸運』という形で結論付けられている。

そんな感じで魔族と人間のすれ違いによって奇跡的に安全な地域となっていた極東ロシア大公国であったが、それも今は昔の話。

朝鮮共和国が滅亡してから数年後には、かの地もまた魔物の脅威に晒《さら》されるようになっていた。

◆◆◆

「朝鮮共和国が潰《つぶ》れたことと、それなりに開発が進み人口も増えたことで価値があると思われているんだろうな。特にここ数年にかけてだが、極東ロシアに進出してくる魔物の量は増加傾向にあるんだわ」

「ほう」

それはまた何とも面倒な。

「で、それまでは主に資源と食糧を引き換える感じで商……援助をしていたんだが、最近の向こうさんは食料に加えて武器も欲しがっているわけだ」

「ふむ」

魔物に攻められているのであれば戦うための武器が必要だろうからな。

「で、かの国と繋がりがある企業の中でも武器を扱える企業ってのは、思いのほか少なくてな」

「そりゃそうでしょうね」

企業が勝手に武器を造って、そこらにばら撒《ま》いたらあかんからね。許可のない企業は造れんわな。

「そんな感じだから、極東ロシアへの武器支援は主にウチが行ってきたわけだ」

「なるほど」

そこでさっきの『戦場から離れる』ってのが出てくるわけだな。

「わかったみたいだな。今までは俺が忙しかったこともあって部下に任せてきたが、これからは俺が直接向こうに赴いて援助を行うことにする」

「俺は護衛ですか。で、ついでに現地で実地試験を行う。それが今回の特務というわけですね？」

「そうだ。性能実験は立派な任務。スポンサーであり開発責任者でもある俺たちの護衛なら特務扱いにしても何の問題もねぇ。さらに外交が関わってくるからな。いくら国防省が関わるとはいえ、所詮《しょせん》は国防政策局、その中の運用政策課なんて末端の連中がどうこうできる規模の話じゃなくなるって寸法だ」

「何か、色々溜《た》まってますね？」

「当たり前だ！　財閥の連中が俺を羨《うらや》んで殺そうとすることは予想できていたが、軍人が、それも仲間の命が掛かっている状況でこんな小賢しい真似をしてきたんだぞ⁉　連中には今までも『自分たちが認めなければコンペに出すことすらできないぞ』とか言って金をせびられてきたが、これはそんなレベルの話じゃねぇだろ！」

「あぁ。そんなこと言っていたんですねぇ」

「おうよ！」

自分が権力を持っていると勘違いした小役人が言いそうなセリフではあるけどな。

そんな連中相手に商売してたらそりゃストレスも溜まるわ。

「そんなわけでな。俺としてはきっちり意趣返ししてやりたい。……そのために現場で死ぬ兵隊さんたちが出るのは悪いとは思うがな」

「それについてはさっき言った通りですよ」

むしろ今のうちに膿《うみ》を出し切らないとやばいだろ。

それになにより。

「最上さん。俺たちがいないせいで死者が増えるって考えは傲慢《ごうまん》です」

「……」

「それに第二師団の師団長のことは知りませんが、少なくとも迎撃部隊を率いる芝野大佐は無策の人ではありません。俺らがいないならいないなりの対策を練ることができる人ですよ」

実際芝野大佐のことはよく知らんけど、五十谷さんや田口さん曰《いわ》く第六師団と第八師団から第二師団へ援軍を出すってのは確実だからな。

前回と同じ規模程度ならまぁ何とかなるんじゃないか？

問題があるとすれば大型だけど、あれもな。

前回の実験で大型だろうが何だろうが頭をぶち抜けば死ぬってところを知った以上、無駄弾は撃たないはず。そうやってみればアレは良い的でしかない。

一応攻撃には備える必要があるが、歴戦の戦士であれば討伐することはそんなに難しいことじゃないだろう。一応前回討伐した大型の死体もあるしな。

向こうでどんな加工をしているかは知らんが、外殻にちょっと魔力を通すだけで立派な盾になるんだ。きちんと運用すれば反撃による被害も相当抑えられるはず。

学生の俺でさえ思いつくことをプロの軍人である芝野大佐や佐藤少佐が気付かないはずがない。つまり大丈夫だ。もしかしたら俺らが必要と判断した被害さえ出ないかもしれん。

その場合は……まぁ俺にとっては悪くはないんだよな。

だって毎回毎回俺が戦場に出なくてもよくなるってことだし。

ボーナスは惜しいが、後ろから撃たれる可能性のあるところに行きたいとは思わんよ。

「……そうだな」

ん～。罪悪感が薄れることに対しての安堵《あんど》と、自分が造った機体が絶対のモノじゃないと言われた不満が入り混じった感じか？

ただな。あまり求めすぎるのはよくないと思うんだ。

「最悪、というのもおかしいですが、もし被害が少なかった場合はパワードスーツを正式採用させることで意趣返しをする程度で我慢するべきでしょうね。あくまで今回は、ですが」

欲張りはしない。

妥当なところで抑える。

だが狙われたことを忘れるとは言っていない。ここ大事だぞ。

「今回は、か」

「えぇ。今回は、です」

いずれわからせてやるがな。

あ、そうそう。

「ちなみになんですが」

「ん？　何だ？」

「最上さんは、その、運用政策課ですか？　そこで今回の画を描いた首謀者というか、主導した人ってのは誰なのかご存じですか？」

「あぁ。それか」

「それです」

俺がその相手を知らないと、わからせるもなにもないからな。

「主導者と言えば第二課の課長である笠原《かさはら》中佐になるんだろうな」

ん？　笠原？　何かどこかで聞いたような。

「ただし、課長といっても派閥の一員だからな。当然奴一人が主導しているわけじゃねぇ。そういう意味では財閥の連中と第三師団閥の連中が今回の首謀者にして主導者と言えるだろうな」

「えぇえ」

また第三師団かよ！

あいつらほんと俺のこと嫌いだな！

そういえば前に五十谷さん経由で聞いたところ、どうも俺の実績は元々彼らが得るものだったと主張しているとか言ってたな。

何でも、彼らの理屈でいうと俺は彼らの功績を盗んだって認識らしい。

うん。正直言って意味がわからん。

ちなみに第三師団の皆さんは運用課の伝手を使ってそれなりの数の量産型を回してもらったらしいが、今のところまともに動かせている人はいないらしい。

むしろ二機だけ回してもらった第六師団や第八師団の人たちの方が使えるようになっているんだとか。それはもちろん性根からくる実力の違い……ではなく、第三師団がインパールに遠征中、魔物に襲撃されて全滅した際に、経験豊富な機士を大量に失ってしまったため、テストパイロットを都合するのにも手間取っているからだ。

このせいで俺のクラスメイトである二人——武藤さんは大丈夫らしい——にも影響が出ているとかなんとか。

何にせよ。最上さん曰く量産型の火力でも数発当てれば大型をぶち抜けるらしいので、彼らには何卒頑張っていただきたいところである。

とりあえず俺としては、連中が短絡的に俺を殺そうとしていたのではなく、戦場に出したくないと思っていたことがわかったのが大きいかな。

尤も、短絡的ではないとしても、中・長期的に俺を殺そうとしている可能性はあるので警戒を怠る気はないが。

とりあえず直近の敵が判明した以上、俺がやることは一つしかない。

「さっさと極東ロシアへ行く準備をしましょう」

第二師団や他の師団から出撃要請が来る前に極東ロシアへ行く。これしかない。

これが今の俺ができる中で一番第三師団への意趣返しになりそうなことなんだから、急がない理由がない。

「あ、あと俺が使うパワードスーツの試作機はあるんですよね？」

企画書は見たがそれだけだ。実物がないなら実験もなにもないから、あとから文句を言われる可能性もある。ただ、元々この提案をしてきたのは最上さんだからな。この程度のことを見越していないとは思わない。つまり試作品はできていると見るべきだ。

「あぁ。もちろんそのつもりだ。パワードスーツについては多少の調整が必要だが、それも数日あれば実戦で使うこともできるようになるはずだ」

「はず？」

何か怖い単語が出てきたが、本当に大丈夫か？

実はこの人も第三師団に買収されてたりしてないだろうな？

「それを試すのが任務だからな」

「……ごもっともです」

うん。そうだった。自分でも試験機って言ってたのにな。

どうも神経が苛立《いらだ》っているようだ。疑って申し訳ない。

三

「何……だと？」

予想される魔物の来襲を前に、北九州に構築している防衛ラインと、それを活用した戦術を練っていた芝野雄平の下にその報せが届いたのは、来たる魔物の襲来に備えるために援軍として派遣されてきた第六師団と第八師団の実働部隊長と共に合同訓練についての段取りを組んでいる最中のことであった。

「……川上特務少尉、いや、今は特務中尉か。その特務中尉が今回の迎撃戦に参加しない？　それは本当か？」

「……そのようです」

報せを持ってきた佐藤泰明《やすあき》少佐も憮然《ぶぜん》とした表情を隠そうともしていないのを見て、芝野は（少佐に怒鳴ってもしょうがない）と考え、怒鳴り散らすのを何とかこらえた。

「理由は？」

ただしその声には、怒りの感情がこれでもかと篭《こも》っていたが。

芝野から怒りの感情を向けられた佐藤は完全に被害者と言えないこともないが、佐藤は芝野の気持ちもわかるため特に文句を口にすることはなかった。というか、佐藤も怒りをこらえるのに必死であった。

彼らが怒りを抱くのは当然のことだ。

啓太は『大型なんて二、三発で倒せるみたいだから大丈夫だろ』などと軽く考えていたようだが、実際はそんなに簡単なものではない。

確かに先制攻撃で大型に攻撃を当てることはできるだろう。

だが一撃で倒さない限り反撃が来る。

そして大型による反撃は、一撃で防御に回った草薙《くさなぎ》型を数体中破から大破させるだけの威力を誇るのだ。

これまでの攻勢では、大型が数体しかいなかったからこそ砲士と八房型による一斉砲撃でなんとか仕留めることができていた。

だが、彼らを護るために動く草薙型の損害は決して軽微なものではない。

それらのダメージを抱えた上で、残った中型や小型の相手をするのだ。

砲撃によるダメージがあるとはいえ、それがどれだけ危険なことか。

通常の攻勢でさえそれだというのに、少なくとも大型が一〇体、中型が一〇〇体を超えるような大攻勢に於《お》いて生じるリスクは一体どれほどのものか、想像するだけで胃が痛くなる。

だが、啓太がいればその危険の大半をクリアできるのだ。もちろん芝野らとて今後ずっと啓太一人に頼るつもりはない。そのための第六師団や第八師団からの援軍だ。量産型や試作機の配備が始まればもっと楽になるだろうと思っている。

しかし今回に限ってはどうしても時間が足りなかった。訓練の時間も少なく、量産型もまともに稼働できるのは僅《わず》かに四体のみ。それとて砲撃の後に一度横跳びができるだけで、啓太のような縦横無尽の回避行動が取れるわけではないので、今の量産型が攻撃できるのは基本一度。良くて二度だけだ。

統合本部としてはそれで大型か中型を討伐してもらい、成長と最適化をしてもらうことを望んでいるようだが、そんな望みを抱けるのも勝てる算段が付いているからこそである。

その算段が消失した。それも戦う前に。

現場指揮官である芝野がその理由を尋ねるのは当然のことであった。

「……特務、だそうです」

「特務？　内容はわかるか？」

「それは……」

「いや、そうだな。すまん」

学生とはいえ正式な少尉であり特務中尉なので、啓太に特務が与えられるのは何らおかしなことではない。そして基本的に特務の内容を知るのは、命令を出した者と受けた者を含めた関係者数名のみである。

なので芝野も佐藤がその内容を掴《つか》んでいるとは思っていない。

しかしそれを理解してもなお芝野は特務の内容を確認してしまった。

それだけ啓太が参戦しないということが、彼を動揺させていたのだ。

もちろんその特務が『芝野とは違う人間の指揮下に入って今回の作戦に参加すること』であれば、芝野とて多少の文句は言いたくなるものの我慢はできる。現場士官である芝野にとって重要なのは『啓太が誰の指揮下で戦うか』ではなく『啓太が参戦するか否か』なのだから。

だが先ほど佐藤は『啓太は迎撃戦に参戦しない』とはっきり明言している。

つまり啓太に与えられた特務は、迎撃戦に参加するという命令以外のものとなる。

(この状況で彼に与えられる特務とは何だ?)

もし先ほど挙げたような理由だったり、戦訓を纏《まと》めた参謀本部が大攻勢以上の危機を察知したというのであれば、啓太をそれに対応させようとするのも納得できただろう。

だが実際はそんなことはなく、もっと単純で、もっと酷いものであった。

先ほど特務の内容を聞かれて佐藤が言いよどんだのは、彼が特務の内容を探れなかったからではない。あまりにお粗末な内容だったため、怒りをこらえきれなかったからだ。

「……新型の強化外骨格の性能試験だそうです」

「は?」

「命令を出したのは運用政策の第二課。その命令が出た経緯は……」

「経緯は?」

「……川上特務中尉と、最上重工業への嫌がらせです」

「馬鹿かっ!」

芝野は切れた。

普通に切れた。

当然だろう、これから命懸け、否、日本の国防を懸けた防衛戦を行おうというときに、防衛戦の要とも言える戦力に対し、防衛戦とは全く関係のない強化外骨格の性能試験をさせるなどどう考えても正気の沙汰《さた》ではない。

さらにその理由が嫌がらせときた。

これで怒らない現場指揮官がいるだろうか。

いや、いない。

とはいえ、芝野とて子供ではない。

佐藤から聞かされた内容を反芻《はんすう》すれば、啓太たちが置かれている状況も理解できる程度には大人であった。

(川上特務中尉に対しては単なる嫉妬《しっと》だからまだいい。第三師団の連中も武功を立てれば落ち着くだろう。だが、最上重工業については一筋縄ではいかんだろうな)

嫌がらせを受けた啓太と最上重工業。両者の最大の違いは、そこに利益が絡むかどうかにある。

啓太の場合は、芝野が考察したように他の面々が武功を立てることで解決……とまではいかないが大幅な改善が見込めるだろう。しかしながら最上重工業の場合は違う。これまで財閥系企業が独占してきた機体製造事業への参画は、間違いなく財閥系企業に与えられていた既得権益を侵すものだ。

その財閥系企業とて、普段から遊んでいるわけでもなければ、不当に事業を独占していたわけではない。

彼らには軍から求められた能力水準を満たす機体を、求められただけ製造するだけの力があるが故に独占を許されてきたのだ。

最上重工業が製造した御影型の性能が凄《すご》い？　それはそうだろう。

なにせ彼らは他の企業とは違い、最初から浪漫に走り採算を度外視してあの機体を造ったのだから。

そうして詰め込めるだけ詰め込まれた機体が弱いはずがない。

それは、財閥系企業の技術者たちも認めていることだ。

当然、最上重工業よりも資本やノウハウをため込んでいる財閥系企業であれば、カタログスペックだけなら御影型を上回る機体を造ることも可能だった。

しかし、どれだけ優れたスペックを有する機体であっても、動かなければ意味がない。

ただの置物、否、メンテナンス費用などが掛かる分、置物よりも性質が悪いモノにしかならない。

それがわかっていたからこそ財閥系企業は混合型を造らなかった――実際は過去に似たようなものを造ったことがあり、それが動かせなかったので開発を止めた――のである。

そこに突如として現れたのが、最上重工業と彼らが造った混合型だ。

彼らが諦《あきら》めた設計を混ぜ合わせ、その上で三か月煮込んだような機体を造っただけならまだいい。

彼らも『あぁ、あいつも俺たちと同じ道を通るんだな』と、生暖かい目で見守ることもできただろう。

だがそこに、川上啓太というイレギュラーが加わったせいで全てが変わってしまった。

動かせない機体を動かせてしまった変態の登場により、カタログスペック上にしか存在しなかった機体が日の目を浴びることになったのだ。

自分たちのシェアを脅かされて面白いと思う経営者などいないし、同時に自分たちが諦めたものを目の前で見せつけられて面白いと思う技術者《変態》もいない。

嫉妬と羨望《せんぼう》によって暴走寸前まで追い込まれた彼ら《変態たち》は考えた。

『最上重工業がなくなれば、川上啓太というデバイスは我々が手に入れることができるのではないか？』と。

『元よりあった混合型のノウハウに加え、量産型を造ったことで得た経験と、試作一号機の戦闘データや啓太が狩った大型の魔物の素材があれば、俺たちが御影型以上の機体を造ることも決して不可能ではない。というかできる』と。

(彼らの気持ちも理解できなくはないんだがな)

企業として社員を食わせるため。

技術者として自分たちが造った機体の能力を証明するため。

その他諸々。今回の件が、そういった様々な理由があってのことだとは理解しているつもりだ。

芝野としても、啓太の傍にいるのが必ずしも最上重工業の面々である必要はないと考えているので、財閥系企業に対する怒りは少ししかない。あくまで財閥系企業については。

(だが運用政策第二課《第三師団閥の屑ども》、お前らは駄目だ)

財閥から依頼を受けたにしてもタイミングというものがあるだろう。

なぜ今このときにそのような無駄な命令を出したのか。

腸が煮えくり返るのを自覚しつつ考え込む芝野。

彼の脳裏に浮かんだ答えは一つだけ。

(連中が現場を知らないから、だ。ならば話は早い)

「すぐに師団長に伝えて運用政策課の連中を締め上げていただく。なんなら、連中をここに招待しよう。連中とて魔物の恐怖を肌で感じれば、今後このような阿呆《あほう》な真似はしないだろうからな」

「はっ。良いアイディアかと」

平穏は人を腐らせる。

(今も遠征に出ている師団やこうして魔物と戦っている自分たちとは違い、戦場から遠い関東で身内の失態のせいで失った権力を維持、もしくは回復しようとしている連中には荒療治が必要だ)

芝野はそう結論付けたし、佐藤もまた同じ考えを持っていたため芝野の意見を肯定する。

「で、川上特務中尉だが、命令の撤回はできそうか?」

それができれば一番いい。できなくともパワードスーツの開発を一時中断してこちらに来てもらえるだけでもいい。

かなり自分たちに都合の良い命令になるが、そもそも軍とはそういうものだ。多少の不条理には我慢してもらうしかない。

もちろん無理を通した分恩賞は弾むし、この戦闘のあとで第三師団閥を始めとした否定派の面々から謂《いわ》れのない攻撃を受けないよう、第二師団を挙げてフォローするつもりもある。

気分は全面降伏。言葉にするなら『頼むから来てください。何でもしますから』と言ったところだろうか。

これが啓太一人であれば『え？　今何でもするって言った？』のあとに『しょうがないなぁ』と言って第二師団の下にはせ参じたかもしれない。しかし今の啓太は一人ではない。厄介なブレインが付いている。

「それが……すでに川上特務中尉は、最上隆文社長と共に極東ロシアへと渡ったそうです。そこで実戦を交えた実験をするとのこと。政策課もそれを認めたとのことでした」

この提案は隆文から出されたものだが、これ以上啓太に活躍して欲しくない第三師団と、これ以上御影型に活躍して欲しくない財閥系企業にとって断る理由などなく、むしろ諸手を挙げて歓迎すべき提案であったため話はあっさりと進んでしまう。

結果、こうして佐藤が芝野に報告を上げる前に、啓太と隆文は正式な命令書を携えた上で極東ロシアへと足を運んでいた。

「……絶対に運用政策課の連中を逃がすな。絶対にだ」

「はっ！」

（川上特務中尉は悪くない。最上社長は少し悪い。だが一番悪いのは間違いなく奴らだ。……俺は決めたぞ、連中は絶対に許さんとな。そうだ。他の師団の面々にもこのことを伝えて協力してもら

おう)
この後、切り札が参戦しないことを聞かされた第六師団・第八師団の面々は、余計な真似をして自分たちの生存を危うくさせた運用政策課と、課長にそれを命じたであろう第三師団の面々に対し隔意を抱くことになる。
こうして啓太と隆文の意趣返しは、徐々に第三師団を蝕《むしば》んでいくのであった。

五章　極東ロシア大公国

一

建国の経緯を考えれば意外に思われるかもしれないが、極東ロシア大公国と日本皇国は名目上対等の同盟関係を結んでいる。

表面上の主敵は魔物だったがその実態は対ソ連――もっと言えばロシア共和国――や、ソ連が支援してできた中華民国や朝鮮共和国のような社会主義国家を主敵としていたためだ。

だがその主敵としていた国家が軒並み魔物によって蹂躙《じゅうりん》されたため、現在のところは軍事同盟と言うよりは経済的な結びつきの方が強くなっている。

日本から輸出されるのは主に食糧と武器。極東ロシアから輸出されるのは主に鉱物資源を始めとした資源となるらしい。

特に喜ばれるのが草薙《くさなぎ》型だ。彼らはこれを兵器としてではなく、治水工事だのインフラ工事だの鉱山開発だの地下資源の採掘だのに使っているのだとか。何とも穏当な使い方である。

彼らが貴重なはずの機体でこのような穏当な使い方ができるのにも当然理由がある。

それが大陸北部特有の魔物事情だ。

「大陸北部における魔物の侵攻の特徴は、大型や中型は少ないくせに小型が非常に多いところだな。

場合によっては大型〇体、中型五体、小型が五〇〇体なんてこともあるくらいだ」

「バランスが悪い……いや、ある意味正常なんですかね？」

「さて、な」

悪魔や魔族が魔物を使って人間を滅ぼそうとしているのであれば大型を用意しないのは合理性に欠ける編成としか言えないのだが、人間を苦しめることが目的というのであれば小型が多い方が目的に適っているように思える。

なにせ大型の攻撃は、直撃しなくても余波だけで人間を蒸発させることができるものだからな。最低でもパワードスーツや防護服を着ないと戦場に立つことさえできないのだ。

で、一撃で蒸発したら苦しむもなにもないもんな。それを考えれば、定期的に町や村を襲う魔物の中に大型がいないのはある意味当然のことと言える……かもしれない。

ちなみに日本側が纏《まと》めた資料によれば、日本に来る小型の魔物たちも最初は大陸と同じくらいの数らしいのだが、渡河いや、渡海の最中に溺《おぼ》れているため数が減っているのではないか？　とのこと。

とにもかくにも、この『大型や中型が少なく小型が多い』という状況が、小型を主敵とするパワードスーツの試験に合っているということらしい。

「まぁ俺も軍人であるお前さんが向こうさんの狙いを考察することを無意味とは言わん。だが、今の俺らにとって大事なことは向こうの狙いじゃねぇ。向こうの狙いが何であれこの状況を有効に使うことだぞ」

「えぇ。そうでしたね」

うん。それはその通り。わざわざ国外まで来たのは考察するためじゃないからな。

これに関しては最上さんが正しい。

ただな。どうしても理解できないことがあるんだ。

「えっと。確かパワードスーツって一般の兵隊さん、というか魔晶との適合率が低い人のための装備でしたよね？」

「そうだな」

だよな。そもそも適合率が高いなら機士になるからな。

「今回俺が試すのは、その中でもやや適合率が高い人向けの特注品なんですよね？」

「そうだな」

一般のパワードスーツは、もう財閥系の企業が造っている。

そしてすでに十分以上の経験と生産ラインを持つ彼らと、汎用性《はんよう》や価格で競っても勝つことはできない。

だからこそ『数は少なくなるものの、一定の需要がある特注品を造る』ってのが最上さんたちが出した結論だ。

正確には機械しか見ていない最上さんに代わって、実質社長として経営部門を担当している奥さんの方針らしいが、まぁ提案者が誰であれ言っていることは非常に正しい上にわかりやすいし、なにより他人様の会社経営に関することなのでここに反論するつもりはない。

だが、さすがにこれはどうかと思う。

「腕、四本ありませんか？」

そう。最上さんが『これを試してくれ』と言って出してきたパワードスーツには、腕が四本——正確には肩口に【先が尖《とが》った腕のようなもの】が——ついているのである。

「そうだな」

『そうだな』じゃねーよ！

「機体以上に肉体に左右されるパワードスーツですよ？　強化外骨格ですよ？　強化どころか、本来ないモノを付け足してどうするんです？」

動かせる気がしないんだが？

獣型という前例があった四脚とは話がまるで違うんだが？

「あぁうん。お前さんの言いたいことは尤《もっと》もだと思うぞ、うん」

「思うだけじゃ意味がないんですけどねぇ」

いや、マジで。どうやって動かすんだ？

もしかしてこの人、ここで俺を殺すつもりか？

「まぁ待て。落ち着け。本来は俺らもそう考えていたんだ。その上でどれだけ高火力を出すかってな」

「はぁ」

そこでなぜ高火力に拘るのか……あぁ、いや、特注品だから仕方ないのか。

機動力に行かないのはどうかと思うが、特徴を付ける必要があるのはわかった。

「火力を出すには重さか手数が必要だ。だが重さには限度ってものがある」

「でしょうね」

パワードスーツで支えられない重さの武器を持たされてもな。

機動力を完全に捨てて遠距離狙撃型を目指すにしても、それなら棺桶《かんおけ》砲や獣型で十分だし。

「そこで手数を増やす方向に舵《かじ》を切ったわけだ」

「わけだ。じゃないでしょ。手数を増やすのはわかりましたけど、文字通り手を増やしてどうするんですか」

肩に生えた手なんてどうやって動かすんだよ。

「うむ。そこでウチの連中が頭を悩ませてたときに現れたのがお前さんだ」

「はい？」

俺？　何かしたっけ？

「お前さんが御影型を動かす際に使っているコマンドシステム。アレを使えば動かせるんじゃないかってな」

「……あぁ」

なるほど。本物の腕のように自由自在に動かすのではなく、決められた挙動をするだけの存在に落とし込むわけか。それなら確かに動かせないこともないだろうよ。

「そこは了解です。ですが、そもそもが本来ない部位なわけですから、ウェイトが邪魔になるのでは？　達人と呼ばれるような方々なら尚更」

自分の体を十全に扱えるからこそ達人なわけだろ？

余計なウェイトを抱えたら全部調整し直しだぞ？

そんな手間暇をかけている時間があるのか？

「そこも、だな」

「なにがでしょう？」

「俺も最初はそう思ったさ。だがな、それは視野が狭い」

「はぁ」

どうした急に。英国紳士でも降りてきたか？

「不思議そうな顔だな。まず聞け。いいか？　そもそも俺たちが想定している使い手《ユーザー》は達人じゃねぇ。あくまで魔晶との適合率が低い人間だ。お前さんだって別に達人ってわけじゃねぇだろ？」

「まぁ、そうですね」

俺が試す以上、魔晶の適合率はさておくとしても達人しか使えないようなモノじゃ困るってことか？

「そして俺たちが想定している敵は人間じゃねぇ。魔物だ」

「それも、そうですね」

うん。それは本当にその通り。

「そもそも武術ってのは対人間を想定したもんだ。それに特化した達人の技術が無意味とは言わんが、俺は対魔物を想定した場合に最も重要なのは、接近をしたときに発揮される技術ではなく、接近させない火力だと思っている」

「……なるほど」

一理ある、のか？

「もちろんこの一機だけじゃ意味はねぇ。だが一〇機くらいで隊列を組んで撃ちまくれば相当な効果が見込めると思わねぇか？」

「ふむ」

単純に倍の手数だからな。少し重くすれば重火器も装備できるし。

確かにこれなら達人一人を突っ込ませるよりは効率はいいだろう。

加えて、最初から複数での運用を想定することで、受注数も増える。

軍としても最上重工業としても美味しいってわけか。

悔しいが良く考えていると言わざるを得ない。

「ただしそれもこれも今の段階じゃ机上の空論に過ぎねぇ。だからまず一番コマンドシステムに慣れているお前さんに運用してもらいデータの蓄積と改良をする。そのあとで普通の兵隊さんたちにも使ってもらいさらなる改良を施す。それが今回の試験目的になるのさ」

「なるほど」

さすがは現段階で財閥系企業に警戒されるだけのことはある。

ただの技術馬鹿ではない。しっかり考えてるんだな。

「つまりここで俺がするべきことは、まずコマンドシステムを利用して副腕を動かすこと。動かしたあとは操作性や武器の命中性能及び反動に対する耐久性の調査ってことでよろしいですか？」

目的は明確にしておかないとな。

あとから何か言われても面倒だし。

「そんな感じだな。ついでに小型の魔物を討伐した際に得られるであろう魔力による成長や最適化の過程の調査。さらに中型を仕留めることができるような火力のある武器を搭載した場合に於ける挙動も見たい」

ん？　パワードスーツも成長もするのか？

あぁいや、これはあくまで魔晶との適合率が低い人間が使うためのものだもんな。適合率が低くとも魔晶を利用しているのであれば成長もする、か。

最上さんが機体に引き続きパワードスーツの成長も望んでいるのはわかった。

技術者ってのはそういうものなのだろう。それはいい。だが……。

「随分欲張りますね？」

あんまり欲張るとあとがきつくなると思うんだが。

主に俺の苦労という点で。

「あくまで最高値だよ。わざわざ国外まで来たんだしな。それに、だ。そのくらいの成果を見せないと国内の連中から『自分たちを見捨てて逃げた』なんて言われかねんぞ」

「言いますか？」

実際はアレだが、名目上はこっちが相手に無茶振りされた側なんだが。

「向こうの被害次第だがな。基本的にああいう連中は『自分は悪くねぇ』って保身と自己弁護だけは一流だ。それを考えれば、連中が適当な理由を付けて俺らを責めてくる可能性は十分にある。可能性がある以上警戒は必要だろ？」

「そんなもんですか」

確かに警戒は必要だと思うけど、だからといってそんな言い分が通るほど甘い組織ではないと思わないでもないんだが……いや、これは油断か。財閥や軍閥が敵なんだ。警戒しすぎて悪いってことはないわな。

「そんなもんさ。だからこそ俺たちはここで連中に阿呆《あほう》なことを言わせないだけの実績を作るってわけだ」

実績、ねぇ。

話やコンセプトは理解したが、そもそも満足に動かせるかどうかすらわからないんですが、それはどうするつもりなんでしょうかねぇ。

二

「くそっ。重い！」

この日、隆文が付き合いのある貴族に頼んで借りた修練場という名の森の中では、パパパパパという軽い音とは裏腹に明らかに機嫌が悪そうな声が響いていた。

声の主はもちろん俺である。

思わず声を出すほど機嫌を損ねているのは、もちろん俺の動きを阻害している重り……ではなく副腕と称されるもののせいだ。

「動かせる。動かせるけどな！」

確かにコマンドシステムを応用すれば、副腕を動かすことと、手に持った武器で攻撃をするくらいのことはできる。

ただし動きは極めて鈍い。

元々肩口から出ている副腕を自在に動かすことは困難だし、なによりこのパワードスーツが元々集団による運用を考えられているものなので機動性を重視していないというのも問題だ。

もしここに一〇人の仲間がいれば本来の役割を想定した試験もできるのだろう。

だが、あいにくここにいるのは俺一人である。

そして一人である以上、俺はただ突っ立って撃つという固定砲台に甘んじるわけにはいかない――一人でなくとも固定砲台に甘んじてはいけないが――のだ。

御影型と同じように撃ったら動く。止まる前に撃つ。それくらいはできる。

ワイヤーアンカーも付けたのでジャンプ中に加減速を繰り返して相手の狙いを外すこともできる。

「加速力はいい。ジャンプ力もある。だが小回りがきかない！」

咄嗟《とつさ》に左右に目を向ければ副腕が視界を遮るし、副腕が邪魔で攻撃に一拍以上の隙間ができてしまう。

これを無意識で動かせるレベルにするにはそれこそ膨大な時間と、ある程度以上の魔力が必要だ。

しかし当然のことながらパワードスーツに魔力を持たせるためには魔力を持つ魔物を討伐する必要がある。

別に中型以上でなくてもいい。小型だって多少は魔力を持っているので、害獣駆除的な感じで倒していけば少しずつではあるが魔力は貯まるだろう。

だが、この有様で魔物と戦えば間違いなく死ぬ。

経験値を稼ぐどころではない。その前に、普通に死ぬ。

最初はいいかもしれないが、慣れたときに事故が起こりそうな予感がプンプンする。

つまり？　欠陥品です。ありがとうございました。

「……無理ですね」

少なくとも現状では使えない。

そう判断するしかない。

「お前さんでも無理、か」

「ええ。見ての通りです」

テストパイロットとしては不甲斐《ふがい》ないと思わないでもないけどな。

でもこういう駄目なところを洗い出すのもテストパイロットの仕事だと思うぞ、俺は。

「問題点は？」

「黙って撃つなら問題ありません。なので火力を有したパワードスーツだと思えば悪くはないでしょう。ですが機動戦をするには副腕が邪魔になります」

「ふむ」

ある意味コンセプトに適合しているから問題ないように思えるかもしれないが、そんなことはない。

このパワードスーツは小型を主敵とした従来のものとは違い、『四本の腕により生み出される火力によって中型さえも討伐することが可能なパワードスーツ』を目指している。

当然討伐する中型は一体ではない。まして集団戦をしようというのだ。

敵からの反撃を回避、もしくは防御できなくては相討ちで終わってしまう。

それも一度の反撃で一〇人単位の味方が蒸発するのだ。それではわざわざ新型を用意する意味がない。

故に最低限の回避能力か防御力が求められるのだが、回避についてはご覧の有様である。

では防御力はどうかというと、これも難しい。

「盾があるから大丈夫かもしれませんけど、さすがにこの状態で中型以上の攻撃は受けたくないです」

「そりゃそうだろうな」

もちろん大型の装甲をパワードスーツでも使えるように加工した盾はある。

そして大型の装甲であれば中型の攻撃を防ぐことができるとされている。

あくまでスペック上の話だが。

いくら仕事だからといっても命懸けで盾の耐久性を試したいとは思っていないし、最上さんだってそんなことで俺に死なれても困るだろ。

つまり盾は諦《あきら》める。その上で活用するとしたらもうアレしかないんじゃないか？

「どうしても副腕を使いたいのであれば」

「あれば？」

「肩の部分を大きくして、なにもないときは中に収納するとかはできませんか？　もしくは上腕部に固定して射撃の際にだけ分離させるとか」

普段からブラブラしてるから邪魔なんだ。射撃の際にだけ副腕を出すのは悪くないと思うんだよな。

某ロボットアニメに出てきた敵の隠し腕みたいに。

「ほほう？　その話、もう少し詳しく聞こうか」

「構いませんよ。まずはですねぇ」

最上さんたちに掛かれば俺のアイディアもネタ装備の温床にしかならんかもしれんが、そうやってできた装備は決して無駄にはならない。

それにな、やっぱり実際に使う人たちこそ運用方法で頭を悩ませてくれればいいんだ。実際に使って悩んだ末に出された意見がこのパワードスーツをより良いモノにしてくれる……はず。

頑張れよ。未来の軍人さんたち。

幕間　魔族の視点から　一

「さて。もう少しで予定した数が揃《そろ》うかな？」

啓太と隆文がパワードスーツを改良しながら野生の魔物を討伐して魔力と経験値を稼いでいる最中のこと。

極東ロシアから少し離れた地に於《お》いて、とある魔族による恐るべき計画が発動されようとしていた。

「全く。先輩の皆さんは少しばかりやる気が足りないと思うぞ」

と言っても、その計画自体は日本側も予想しているものだ。

即ち魔物による大攻勢である。

「戦力の逐次投入によって圧力を掛ける？　最初から勝つつもりがないならそれでもいいって話なんだろうけどねぇ」

この魔族はこれまで先達の魔族たちが採用していた方針を、とてももどかしいもの……というか少し方向性がおかしいように感じていた。

対象となる相手は日本。かつてアジアで唯一列強として名を馳《は》せたこの国は、世界を相手に戦った大戦から一〇〇年以上経過した現在も魔族や魔物たちとの戦闘を継続して行っていながら、これまで魔物相手に一歩も国土を譲っていない稀有《けう》な国である。

その実績とそれを支える工業力と技術力。

それらを背景に生み出される機体は人間にとっての希望となっている。

事実、東南アジア諸国のうちいくつかを魔物の勢力圏から解放しその国土を維持しているのは、主に日本から派遣された軍隊だ。

そういった実績も相まって、現在日本の援助を望まない国は存在しない。なんならヨーロッパに残っている国やオーストラリアも日本との共闘——最悪でも技術交流——を望んでいるくらいだ。

「本当であれば滅ぼしたいところなんだけど、上司である悪魔の命令がある以上、私たちは日本を滅ぼすわけにはいかない。……滅ぼしたいけど滅ぼせない。そういう二律背反があるからこそ先輩の皆さんは日本から目を背けている。だから今まで気付かなかった」

確かに最初は日本にも圧力は掛かっていたのだろう。

だがいかなる圧力とて慣れれば圧力ではなくなる。

もっと言えば、定期的に訪れる魔物の存在が『戦闘経験と魔物の素体を得ることができるというボーナスゲーム』に成り下がってしまう。

「もちろん口減らしという意味では間違っていないさ。でもね。相手側に肝心の『圧力』が掛かってないなら話は違うよねぇ？」

喰《く》いぶちの多い大型を減らす。それ自体は大いに結構。

だが無駄死にはよろしくないし、相手に素材をプレゼントするのはもっとよろしくない。

「悪魔が求めるのは闘争。決して一方的な戦いではないよね」

故に魔族は前回出撃する魔物たちに簡単なアドバイスをした。

そのおかげで、今まで以上の魔物たちが日本へと上陸を果たすことができた。

その数は大型が一〇体に中型が一三〇体以上。小型も相当数。

もちろん魔族とてこの程度で日本が滅ぶとは考えていない。

しかしながらそれなりの損害を与えるだろうとは思っていた。

だが結果は惨敗。それも向こうの協力者が言うには、軍の損害もほとんどなかったらしい。

相手にとって予想すらしていなかったはずの大量の魔物が上陸したにも拘わらず、だ。

そこから導き出される答えは一つ。

戦力が足りていない。

「あの規模の魔物を無傷で撃退できる連中に対してだよ？　大型が数体、中型が数十体なんて規模を差し向けたって意味はないさ。それこそ経験値と素材をくれてやるだけじゃないか」

しかも日本では今までにない機体の量産も始まっているという。これで圧力をかけていると言えるか？　否、断じて否。

「だからこそ試すのさ。日本の力ってやつを」

どれくらいの戦力であれば『圧力』となるのか。

どれくらいの被害を出せば向こうにいる『協力者』がそんな阿呆な真似をする余裕を失うのか。

「今回はとりあえず前回の倍。それが負けたらさらに倍。時間はかかるけど無駄に消費するよりはマシ。あぁ、それと途中で溺《おぼ》れないようにしないと駄目だね。隊列はいいとして、あとは船……は無理だけど、浮輪とか推進力を強化するための板みたいなのを用意してあげれば少しは楽になるかな？」

この魔族が『小手調べ』に用意したのは、日本側が想定していた数の倍。

すなわち大型二四体。中型三〇〇体。小型一〇〇〇体に及ぶ大軍となる。

しかもこれらが少しでも溺れないよう、かつ渡海で体力を使いすぎないよう工夫をして襲撃させる予定だ。

「見せてもらおうか。君たちが今回の攻勢をどう捌《さば》くのかを、ね」

◆◆◆

『馬鹿な！　なんだこの数は！』

日本側からすれば、日程的には予定通りに襲来することになる魔物たち。

しかし実際に現れたのは予想を遥《はる》かに上回る規模の大軍勢だった。

文字通り未曾有《みぞう》の大軍を、啓太という決戦兵力を欠いたまま迎撃することになる国防軍。

希望の見えない戦いに身を投じることになる彼らの表情が絶望に染まる日は近い。

六章　遭遇

一

異国の地にて新型の強化外骨格を纏《まと》い、小型の魔物を相手に戦闘を行って、その都度見つかる大小さまざまな問題点を指摘し修正を続けること十数回。

最早数を数えるのも面倒になりそうなほどしつこく続けてきた甲斐《かい》もあり、極東ロシアの首都である【ハバロフスク】を越えてから三日ほど経った頃には、欠陥だらけだった強化外骨格もそこそこ使えるようになっていた。

これで「最低限の仕事は終わった。よし帰って風呂《ふろ》入って寝るか」なんて考えていたのだが、そうは問屋が卸すはずもなく。

「討伐依頼?」

「あぁ。何でも近くの森に人食い熊が出るんだとよ。しかも三Mを超えるサイズのヤツが」

「はぁ。そんなのどこにでもいそうなもんですけど?」

魔物が存在しない世界に於いても、野生動物のツキノワグマやヒグマは簡単に人を殺せる存在だったのだ。

魔物が跋扈《ばっこ》するこの世界なら、魔物化した熊がいるのは当たり前だし、それが三Mを超えているのも、人を喰らう存在になるのも当たり前のことなのではなかろうか?

で、この国に於いてそういうのを処理するのは地元を治める貴族の務めだったはず。

加えて、自力で魔物を処理するための武力を備えていることが貴族であるための最低条件だったはずなので、貴族としての誇りを持つ者ほど『自領に発生した魔物を自分で処理できない』なんて絶対に言わないはずなのでは?

「小型ならその通り。自分で処理できない貴族は貴族として認められん。下手しなくても地位を剥《はく》奪《だつ》されるだろうな。だが、中型以上の魔物を相手にする場合は話が変わるんだよ」

「そうなんですか?」

「おう」

最上さん曰《いわ》く、機体を始めとした中型以上の魔物が持つ魔力障壁を貫通できる武装を備えた兵器は、全て国が管轄しているらしい。そのため中型以上の魔物を確認した場合、領主は国軍に援軍を要請することが推奨されているそうな。

「それなら軍に依頼を出せばいいのでは?」

「それはそうだ。だがなぁ」

「なにか問題でも?」

「情報提供者の見間違え、もしくは勘違いってケースがあるだろ?」

「あぁ、なるほど」

元々人間は大げさにモノを捉《とら》えるところがあるからな。

熊を見た人間が対象の大きさを多めに見積もっている可能性は、大いにある。

『目撃情報を信じて国に援軍を要請したものの、勘違いでした』

なんてことになったら最悪だわな。

それなら自前の人員を派遣して調査すればいいのだろうが、もし本当に中型の魔物がいた場合、調査に向かわせた人員に損害が出る。

この段階になれば中型の魔物の存在を確信できるのだろうが、犠牲がないのに越したことはない。

そう考えていたところに現れたのが、自前の戦力を持って商売しに来た武装商人ってわけだ。

向こうからすれば、最上さんは他国の人間なので命令はできない。

だが、依頼はできる。

もし受けてくれたら今後の商売で便宜を図るし、受けなくても問題ない。

そんな感じで話を持って来たのだろう。

最上さんからすれば、相手に恩に着せた上で戦闘データを取れるおいしい依頼だ。

断る理由はないわな。

「事情はわかりました」

「そうか。それで、お前さんはどうする？　調査だけなら俺たちでもできるから、今回は休むか？」

「そうですねぇ」

まぁ『あくまで最上さんが受けた依頼でしょう？　俺には関係ないですね』と断ることはできる。

できるが、中型との戦闘経験は欲しいし、なによりこんなところでごねてもしょうがない。

「行きましょうか」

ミッション受注ってな。

◆◆◆

で、件の森を捜索してみれば、標的はすぐに見つかった。

「対象、魔物三体。いずれも熊型。大きさは、先頭を走る一頭が五Ｍ級。後ろに続く二頭が二Ｍ級。他に隠れている魔物は見当たらず」

サイズに多少の誤差はあるかもしれないが間違いない。

少なくとも確実に一体は中型だ。

『『グォォォォォ!!』』

彼我の距離はおおよそ二〇ｍほどだろうか。

俺の目に映るのは、生態系の上位に立つ存在を前にして逃げも隠れもしない馬鹿な餌を喰らうため、一直線に距離を詰めてくる魔物たち。

先頭を走る魔物に至っては、これまでの経験からか自身に通常兵器が効かないことを理解しているようで、こちらに対して警戒する様子を一切見せていない。

うん。正直下手なホラー映画なんて比べ物にならないくらい怖い。

もしも森を散歩している時にいきなり連中と出くわしたのなら、死を覚悟して動けなくなるか、なにも考えずに逃げ出していただろう。

前者であれば無防備になったところを、後者であれば背中を晒《さら》したところを襲われて、命を落としていたはずだ。

だがしかし。幸いなこと――連中にとって不幸なこと――に、ここは戦場で、俺は最初から連中を狩るためにここに来ている。

なので俺が取る行動は、迫りくる魔物を前に呆然《ぼうぜん》とすることでもなければ、逃げることでもない。

照準を合わせて引き金を弾く、それだけだ。

「そこ」

『ギャ⁉』

声と同時に放たれた銃弾は、狙い過《あやま》たず。

先頭を走っていた魔物の頭に命中し、そのまま弾き飛ばした。

如何に魔物化したとはいえ、所詮《しょせん》は熊。

対野生動物用に開発された猟銃と違い、軍用に開発された重機関銃から放たれる一二・七ｍｍ弾――それも俺の魔力が込められている――が生み出す衝撃に耐えられるほどの肉体強度はない。

故にこの結果は必然と言える。

ただまぁ、俺を餌だと思っていた魔物どもにとってはそうではなかったようで。

『『……………？』』

頭部を失って倒れる魔物を見て、ただただ呆然としている二頭の熊たち。

もしかしたら連中は親子で、親を失った喪失感に囚われたのかもしれない。

それか、今までどんな攻撃をも防いできたリーダーを失ったのが信じられないのかもしれない。

「どうでもいい」

連中がどんな気持ちを抱いていようが、俺がすることは変わらないのだから。

「隙だらけなんだよなぁ」

『『ギュオッ⁉』』

なおも動かない魔物の頭をぶち抜いて終わらせれば、ミッションコンプリート。

「中型の魔物一体。小型の魔物二体討伐を確認。これにて状況終了。帰投します」

うん。中型にも勝てるな。あとは細部を調整するだけでいい。

実験結果としても十分だろう。ここまでやればあとはゆっくり休んでも罰は当たるまい。

……そう思っていたんだけどなぁ。

二

いくら強化外骨格とはいえ、元のコンセプトになかった新しい機構である収納機構はすぐにはできないということで、まずは肩口から出ている腕を一度取り外し、通常時は上腕部に固定する形から試すことにした。

そこまで行ったら外せよと思わなくもないが、いざというときに四本腕となるのは最上さん的には絶対条件なんだとか。

火力云々ではなく、企業の色という意味で。

うん。そうだよな。財閥系の企業に真似されないようにしないとパクられるもんな。

量産型みたいにパクられても大丈夫なようにしないと安心できないよな。

一度『それを使わされる人の身になれ』と言ってやりたいが、瞬間的であっても火力が上がるのは確かなのでそれほど強くも言えないジレンマよ。

そんなこんなでもやっとしたものを抱えながらも、最上さんと共に極東ロシアを回る日々。

この国は、否、大陸にある国家の大半は魔物の侵入を許していない日本と違い、あちらこちらに魔物がいる。こういった野良の魔物によって主要道路や鉄道網が破壊されていたりするので、日本が製造している特殊なトレーラーがなければ大規模な物資の運搬とかは相当厳しくなっている。

何というかアレだな。中世にいた行商人か、もしくは『月は出ているか?』で有名な某アニメのハゲタカみたいな感じを想像してもらえばわかりやすいかもしれない。

当然荒野を進むトレーラーは目立つので、魔物や山賊もどきに襲われることになる。

最初『護衛任務に機体はいらんだろ』なんて思っていたが、必要だな、うん。

日本は俺がほんわかと覚えている令和の日本みたいな街並みなのに、日本から一歩出たらこれだ。

これを見たら共生派になって魔物と仲良くしようなんて思わないだろうよ。

だから、俺としてはこういうことこそ学校の授業で教えたり、お偉いさんを送り込んで視察させたりした方が良いと思うぞ。特に第三師団の関係者には念入りにな。

いずれ仕返しをする予定の連中についてはあとにするとして。

現在俺たちは極東ロシア第三の都市【ナ・アムーレ】に向かっている。

ここら一帯を治める貴族が、最上さんら東北の名家と取引をしている相手なんだとか。

ちなみに極東ロシアの首都であるハバロフスクは名目上天皇陛下と同格である大公が治める土地なので特別扱い。さらに軍港がある【ウラジオストク】も財閥系企業が直接取引や援助をしているそうな。

ちなみのちなみに財閥系企業が第三の都市であるナ・アムーレで取引をしないのは単純にコストの問題らしい。

うん。ウラジオストクはともかく、ナ・アムーレは遠いからな。

企業である以上儲《もう》けを見る必要があるからそういう割り切りも仕方ないと言えば仕方のないことなのかもしれない。

一介の軍人に過ぎない俺はその辺の縄張りとかについて触れる気はないので最上さんたちの方で勝手にして欲しいところである。

「逆に言えば、ハバロフスクを越えれば日本の財閥連中は手も足も出ねぇってことだ」

「当然それらと繋《つな》がっている第三師団の関係者も、ですか?」

「おうよ」

自信満々に頷《うなず》く最上さん。自分たちの方が極東ロシアの人たちと仲良くしているという自負があるのだろう。

俺としては『財閥系も最上さんも同じ日本人なんだから、向こうの人たちを騙《だま》すのもそう難しいことでもないような？』なんて気がしないでもないのだが、最上さんなりに確信があるのだろうから、いらんことは言わないことにする。

沈黙は金なのだ。

「それでな。九月は収穫期な上冬が近いということもあって小型の魔物たちが活性化するんだわ。俺らは商売のついでにそれらを狩って、少しでもいいからお前さんに預けているソレの成長と最適化を促そうってわけだ」

「なるほど」

魔物も冬ごもりの準備をするのか。

あぁ、いや、元は野生動物や人間なんだからするよな。

こっちの冬は相当寒いらしいし。

そして成長か。

確かに中型や小型だけでもパワードスーツは成長する。実際今まで中型を二体と小型を三〇体くらい片付けているが、微妙とはいえ成長と最適化がされているのがその証拠だ。

ただ、機体と魔晶対応型の強化外骨格を同時に収納しようとすると、機体と強化外骨格の魔晶が反発して、弱い方——当然強化外骨格の方——が壊されるっていう仕様のせいで、パワードスーツを成長させるために魔晶に収納している間、機体を外に出さなくてはならないのが面倒なところではあるけどな。尤《もっと》も、元々二〇キロだの三〇キロだのの荷重を受けながら寝るのは無理だと思っていたので、ありがたい話でもあるんだが。

そんなわけで、日中は機体を魔晶の中に収納しつつパワードスーツで魔物を狩り、夜はパワードスーツを収納して、機体はトレーラーの中で待機状態にしている。

整備の人にとっては面倒なことこの上ないだろうし、商売を担当する人たちとしても無駄なスペースを使われることに思うところはあるだろうが、ここは遊園地ではないし魔物との戦闘もアトラクションではない。

本当にいざというときに火力が足りなくて死ぬのは俺も整備の人たちもごめんなので、トレーラーの一画を俺の機体が占めていることについての文句は、今のところ出ていない。

というか、最高責任者である最上さんが率先して機体の整備をしたがる人なので、文句もなにもない状態だ。

簡単ではあるが、ここまでが俺たちが置かれている現状である。

……長々とした現実逃避はこのくらいでいいだろう。

「それで、そろそろ真面目な話をしたいのですが？」

「奇遇だな。俺もそう思っていたところだ」

「それはよかった」

いや、まじで。

「俺の気のせいでなければ、あそこの都市、えっと【アムールスク】でしたっけ？」

タイガの切れ目にあった小高い丘の上に立てば、およそ一〇キロほど離れたところにそれなりの規模の街が見える。

「そうだな。ちなみに目的地であるナ・アムーレからおよそ四五キロほど離れてはいるが、衛星都市的な役割を持つ都市だぞ」

「なるほど。丁寧な説明ありがとうございます。で、その衛星都市さんなんですけど」

「あぁ」

「襲われてますよね？　それも魔物に」

街中から煙が上がっているし、なにより群れて動いている連中が見えるので間違いないだろう。

「そう見えるな」

「戦ってますよね？」

「そう見えるか？」

「すみません。戦っているというよりは、もう負けたあと。それも蹂躙《じゅうりん》された上に略奪を受けているように見えます」

ぱっと見た感じだと小型しか見当たらないが、その数が酷い。

間違いなく千は超えている。あれだけの魔物がうろついているのだ。

散発的な戦闘音は聞こえるが、防衛戦に失敗したとしか思えない。

「そうだな。俺にもそう見える」

「「……」」

「どうします？」

「どうしたもんかねぇ」

「「……」」

三

襲われているなら助けろよ！　と思われるかもしれないが、そもそも魔物の相手とはその国の軍が行うものである。よって介入できる戦力があるとはいえ一商人に過ぎない隆文がしゃしゃり出るのは筋が違うし、日本の軍人である上に『新兵器の試験及び隆文の護衛』という特務を受け持っている啓太が出るのはもっと違う。

なにより他国の領地で勝手に、それも自衛や護衛対象を守護するという目的以外で武装を解禁することは、指揮系統の乱れなどを招くため、たとえそれが人命救助が目的であっても重大な違反となってしまう。

考えてみて欲しい。もし東京都内でテロリストによる立てこもり事件があったとして、そこに突如として現れた他国の軍人が「シンへイキダゼ！」と言って税関を潜り抜けた銃で犯人を撃ち殺したらどうなるか、を。

間違いなくその軍人は捕まるだろう。日本政府もその軍人が所属する国に遺憾砲を放つだろう。遺憾砲を放たれた国は秘密兵器を晒した軍人を処罰するだろう。

また流れ弾で誰かが傷付いたり、建物が損壊するなどといった被害が発生、もしくは拡大した場合、現場指揮官はこう言うだろう。『そいつが余計な真似をしなければ余計な被害は出なかった』と。

つまりはそういうことだ。

もちろん地元の貴族からの許可を得ていたり、特別に要請があった場合などはその限りではない——ただし新兵器の情報が漏洩《ろうえい》する可能性があるため、情報の取り扱いには幾重にも気を配る必要がある——が、啓太たちから見てアムールスクは完全に魔物に入り込まれてしまっている。

散発的に抵抗はしているようだが、このような状況で援軍要請が出せるのか。さらにこの状況で出された援軍要請が正式なものと認められるかどうかは非常に悩ましいところとなる。

「もし一般人から『助けてくれ』って言われた場合はどうなります？」

「……微妙なんだよなぁ」

極東ロシアは立憲君主制の国家であり、その主権は君主である大公と都市を預かる貴族たちが有している。そのため相手次第では『一般人が勝手に要請したことだから自分は知らない』とした上で『勝手に街に入った』とこちらを非難する場合がある。

なので、援軍のつもりで街に入ったとしても火事場泥棒扱いされてしまい、賠償を求められる可能性も否定できないのだ。

「その賠償ってのも復興の足しにするためだからな。一概に貴族の横暴って非難するわけにはいかねぇのもわかるんだが……」

「もしかしたら国際問題にされるかもしれませんしね」

「だな」

たとえ理由が理解できたとしても、他人を助けるために命を懸けた結果が火事場泥棒だの違反者扱いだのされていい気分になる人間はいない。

啓太や隆文でなくとも二の足を踏むのは当然だろう。

そこで問題になるのが先ほど啓太が確認した『一般人からの要請があった場合』である。

もしもこれを受け入れて救助に入った場合、先ほど言ったように火事場泥棒扱いされる可能性が発生してしまう。

では受け入れなければいいかと言えばそうではない。その場合『同盟国の民衆を見捨てた』こととなり、これまた非難の対象となってしまうのだ。

「なにも見なかったことにしてナ・アムーレに向かうのは？」

「できなくはない。だがそれをやったら向こうの印象は最悪だろうな」

「最上さんって商人ですよね？」

「理屈はそうだ。だが感情は別。それが人間ってもんだ」

「……なるほど」

魔物に襲われている味方を放置して商売をしに来た人間に対し、取引相手はどう思うか？

考えるまでもない。

たとえそれが戦う力を持たない商人だとわかっていても文句の一つも言いたくなるだろう。

まして隆文には戦う力がないわけではない。啓太のこともそうだが、元々隆文は自社である最上重工業の商隊を護衛するために組織された私兵集団を抱えているのだ。

さすがに機士として機体を操れるレベルの者はいないが、後方から援護砲撃を行う砲士としてなら戦える者もいる。

パワードスーツを纏《まと》えば小型の魔物を蹴散《けち》らせる程度の練度を持った者もいる。

また最上重工業製の武器を装備している彼らの練度と装備の質は、基本的に日本の型落ち品を使わざるを得ない極東ロシア正規軍の一個中隊に匹敵するか、火力に限っては凌駕《りょうが》すると言っても過言ではない。

彼らの存在があればこそ、最上重工業は極東ロシア内陸部の都市と取引ができていたのである。

当然のことながら、取引相手であるナ・アムーレの貴族も隆文が正規軍に劣らない規模の私兵を抱えていることを知っている。

そのため、隆文が一戦もせずにナ・アムーレに入った場合、間違いなく『どうして見捨てたのか』と一悶着《もんちゃく》が起こってしまうことは明白。

「いっそのこと全滅してくれてたら話は簡単だったんだけどなぁ」

「そうかもしれませんね」

ガシガシと頭を掻きながらそう口にする隆文と、あっさり同意する啓太。

これは彼らがことさら冷徹なのではなく、彼らの立場からすれば本当にそれが一番話が早いのだ。

全滅していたのであれば無理に戦う必要はない。

ナ・アムーレの貴族も仕方ないと諦《あきら》めてくれるはずだ。

なんなら啓太が機体を取り出し、焼夷榴弾《しょういりゅうだん》をばら撒《ま》くことで魔物を一掃することもできただろう。

だが生き残りがいるとなれば話は別。

まさか生きて魔物に抵抗している人たちを魔物ごと焼き払うわけにはいかない。

よって市街戦を選ぶしかなくなるのだが、その場合啓太は建物の損壊を防いだり、なにより生き残っている人を巻き込まないため、火力が高い機体ではなくパワードスーツで出ることになる。

主に小型の魔物が多いとはいえその数は優に一〇〇〇を超える大軍だ。それを相手にして無事で済む保証はどこにもない。

かと言って戦いを選ばなかった場合、自分たちが彼らを見捨てたことに気付かれるかもしれない。

なんならナ・アムーレ側からの援軍が出ていた場合、それとすれ違うことで隆文たちが彼らを見捨てたことが判明してしまう。どちらにせよこれまで積み重ねてきた信用はガタ落ちだ。

「……ほんと、どうしたもんかねぇ」

「……悩みますねぇ」

言葉だけ聞けば他人事としか思っていないように見えるかもしれない。

しかしそれはあくまで表面上の話。

今もなお魔物に襲われている街を見やりつつ呟《つぶや》く二人の表情は、街が魔物に襲われているのを認識したときからずっと苦々しく歪《ゆが》んでいた。

四

基本的に川上啓太という人間は、妹である優菜《ゆうな》以外の人間に対してさしたる興味を抱いていない。

最近では五十谷翔子を始めとするクラスメイトとそれなりに会話をしているが、彼ら彼女らの重要度は優菜の足下にも及ばない。

やや極端な例を挙げるとすれば、もしも五十谷翔子が死にそうになっている横で優菜が転びそうになっていたら、迷わず優菜を助けることを選択する程度には差が存在する。

ただし、そういった如実な差ができるのはあくまで優菜が絡んでいるときだけであり、目の前で死にそうになっている人——自分にとって害悪ではない人——がいたら助けるくらいの良心は——もちろん自分が安全であることが大前提だが——持っている。

それは自分自身の寝覚めが悪くなるからというのもあるが、一番は『妹に誇れる兄でありたい』と願っているからだ。

目の前で人——あくまで自分にとって不利益を齎《もたら》さない人限定——が死にかけていたとして、それを見捨てたことを優菜の前で誇れるか？　と問われたとき、啓太の良心と魂は否と答える。

よって自分に余裕があり、自分にとって不利益を齎していない人間が眼前で窮地に陥っていたならば、その手を差し伸べる程度には常識も良識も持ち合わせているのである。

もちろん『助けた際にはちゃんと恩返しをしてもらう』という下心もあるが、それに関しては極々自然なことなので非難されるようなことではないだろう。

「あ」

故に最初に啓太がソレに気付いたのは、ある意味で必然だったかもしれない。

もちろん啓太自身が向こうにいる人たちがソレを出してくれることを望んでいたことと、ソレが出たときに決して見のがさないよう注視していたこと。

また、いざというときのために着込んでいたパワードスーツが最新型である上、スーツに搭載されている受信機能の性能が、これまでの戦闘と成長によって他の面々よりも高まっていたことなど、様々な理由もあるだろう。だが、それでも啓太にその気がなければソレは見過ごされていたはずであった。

「どうした?」

「信号です。短いし二回で終わりましたがこれは……」

「これは?」

「おそらく救難信号ですね。受信した信号のデータを回しますのでトレーラーの方でも解析お願いします」

「そうか。わかった。……おい。急いで解析しろ!」

「はい!」

もし啓太が受信したものが救難信号であれば『魔物に襲われている都市から救難信号が出た。だから介入した』という大義名分が成立するため、先ほどまで二人で話していたことの大半が解決する。むしろ介入しなかった方が問題になる。

ここで問題になるのが啓太の気持ち、ではなく、護衛対象である隆文の気持ちだ。

啓太の心情については先述した通りだが、隆文が戦いを避けるよう決めたのであれば、機体やパワードスーツを貸与されているだけの立場に過ぎない啓太に反論する術はない。

（さて。もしもそれが救難信号だったとして、俺たちはどう動くべきか……）

しかし、幸運というか何というか、隆文の心情もまた啓太と似たようなものであった。

そもそも隆文は子を持つ親である。万事に於《お》いて趣味と会社の利益を優先する節はあるものの、娘に恥ずべき背中を見せたい父親などいない。

日本に帰った際、妻と娘に『目の前で襲われている街を見捨てたせいで商売も失敗した』などと報告をする？　ありえない。社長としても夫としても親としても願い下げだ。

加えて従業員の心証も無視できるものではない。

一般的な価値観の持ち主であれば、今も魔物と戦う人間を見捨てることに抵抗があるはずだ。

隆文にはそういう人間を集めているという自負もある。

そんな彼らを前にして『俺達には関係ない。あそこは見捨てる』と判断を下せるほど隆文は達観していない。

また、もっと簡単な理由がある。

それは『街を襲っている連中が自分たちに襲い掛かってこないとは限らない』ということだ。

距離的には一〇キロほど離れているが、野生動物の嗅覚《きゅうかく》や聴覚、縄張り意識を考えれば、一〇キロは決して安全な距離とは言えない。

またこちらが気付いている以上、向こうにも気付いている魔物が存在すると見るべきだ。

なので、現在街を襲撃している魔物たちがこちらを新しい獲物と認識し、矛を向けてこないとも限らないのである。

どうせ戦闘になるのであれば最初から街で戦っている戦力と歩調を合わせた方が良い。

それは戦術的に考えて当たり前の方針と言えよう。

「社長！」

「どうだ⁉」

「出ました！　間違いありません！　市庁舎から発せられた公的な救難信号です！」

「よし！」

たとえ啓太が掴《つか》んだものが本当に救難信号であったとしても、それが一般人や一軍人が出したものであればあとから問題になる可能性もあった。だが、市庁舎、つまり市長や市長所縁《ゆかり》の人間が出したのであれば問題はない。

「啓太！」

「はい」

「作戦を述べる。まず俺らは向こうの戦力と合流するから、お前さんは先行して街に向かって欲しい」

「はい？」

（自分たちは他の軍勢と合流するために動く中、俺は一人で街に行け、だと？　一〇〇〇を超える魔物の群れに吶喊《とっかん》しろってことか？　俺に死ねと申す？　何の権限があって？）

　繰り返すが、啓太には目の前で死にそうになっている人を助けようとするだけの常識も良識もある。

　しかしそれはあくまで自身の安全が担保されていることが絶対条件だ。

　間違っても『命を懸けても市民を護る！』などという正義感は持ち合わせていない。

　いわんやそれが自国民でさえない、他国の人間が救助対象ならどうか？

「お断りします」

　当然啓太の答えは否だ。隆文との繋《つな》がりが絶たれるのは惜しいが、だからと言って命には代えられない。まして隆文はスポンサーとはいえ上官ではない。民間人だ。

　当然ながら啓太は命令権を持たない民間人に『死ね』と言われて大人しく頷《うなず》くような殊勝な性格をしていない。

　むしろ『自分がそんなふざけた命令に従う』などと蒙昧《もうまい》な思考を持ってしまった民間人の蒙《もう》を啓くため、様々なことをしてわからせてやろうとするタイプの人間である。

　当然、そこに容赦の文字はない。

「まさか最上さんの口からそんな妄言が出るとは思いませんでした。残念です。皆さんとはここでお別れのようですね」

　帰還したときに色々と疑問を持たれるかもしれないが、それについては『自分が市内に突入している間に魔物に襲われた』とでも言えばいい。

事実、ここには一〇〇〇体以上の魔物がいるのだ。

数については極東ロシアの面々も証言してくれるだろうから、証拠には困らない。

今後の整備にはやや不安もあるが……なに、国内には最上重工業を邪魔だと思っている勢力がいくらでもいる。第二師団だって、財閥系企業と敵対せずに自分を抱え込みたいと思っているはず。

(つまりここで彼らを始末しても、俺は生きていくことができる)

「あ！　待て！　誤解すんな！　ちゃんとした理由はあるんだ！　これから説明するからっ！」

「……聞きましょう」

(俺が納得できるような、ちゃんとした理由ってやつをな)

五

「全く。お前さんは物騒すぎるぞ」

「ここは戦場ですよ？」

馬鹿な上官を後ろから撃つくらいの気概があって当然だろうが。

「……まぁ、それもそうなんだけどな」

俺が明確な殺意を抱いたことを理解したのだろうか。

最上さんは先ほどの命令に彼なりの意図があることを説明しようとするが、そんなのがあるのなら最初からそうしろと言いたい。

もしここで『人命が懸かってるんだから四の五の言わずに動け！』なんて言われていたら、俺は迷わずぶっ放してたぞ。

「まず、お前さんと俺らは連携訓練をしてねぇ」

「そうですね」

今回は俺の機体とパワードスーツの成長を第一にしていたから獲物を独占する必要があったし、なにより火力や性能差の問題もあって、最上さんが連れている部隊と連携訓練ができなかったのは事実だ。

「お前さんはまだ知らねぇと思うが、連携ってのは異物が一つ入っただけで驚くほど脆《もろ》くなる」

「……そうですか」

確かに。軍事的な常識なので理屈はわかるが実感はないな。

「まして、お前さんが今装備しているパワードスーツは新型な上、すでに中型を二体と小型を三〇体以上討伐しているだろ？」

「えぇ」

「だから、今お前さんが装備しているパワードスーツの能力は、お前さん自身が持つ魔晶と合わせればこの商隊の中でも群を抜いている。少なくともお前さんが小型と戦ったとして、一対一で負けることはねぇ」

「そうかもしれませんね」

それは普通なのでは？　と言いたいところだが、どうも普通のパワードスーツはそこまで強くならしい。魔力障壁も出せないしな。やっぱり多少なりとも魔晶に対応しているかどうかは戦力的にかなり大きいってことだろう。

「そんなわけで、個々の性能差があり、連携訓練もしていないお前さんとウチの連中が一緒に動けば、双方の足を引っ張ることになるってわけだ」

「だから俺が先行、ですか」

「そうだ」

「ふむ」

彼なりの理由があるのはわかった。だが俺の危険性は一切減っていないんだが？

「別にお前さん一人で同時に一〇〇〇体の魔物と戦えとは言わねぇよ。一体や二体と孤立しているやつを重点的に狙うなり、なんなら一〇体くらいなら同時でも何とかなるだろ？」

「微妙なところですね」

一、二体なら勝てるだろうが一〇体はどうだろうな？　いけるかもしれんし、いけないかもしれん。

だが言いたいことはわかった。アレだ。一対一〇〇なら一〇〇が勝つが、一対一を一〇〇回ならその限りではないってやつだ。

実際『魔物が一〇〇〇体以上いる』と言っても、戦隊を組んでいるわけでもなければ一か所に纏《まと》まっているわけではないからな。最上さんとしては、街中にバラけた連中を狙って始末していけばいいと考えているのだろう。

それは理解した。でもな。これ、自分が造ったパワードスーツの性能に対する自信と俺への信頼と受け取れなくもないが、結局俺を危険なところに送ろうとしていることには変わりはないってことを自覚しているか？

（まぁ、今回はそれでもいいけどな）

それなりの理由と勝算があるならそれでいい。

ただし、最上さんの商売のために死ぬつもりはない。

「ヤバくなったら逃げますよ？」

駄目だと言っても逃げるが。

「当然だ。最悪の場合はパワードスーツを放棄して御影型を使ってくれてもかまわんぞ」

それなら、まぁ死ぬことはない、か？

「……ふむ」

うん。そこまで許可が出ているのであれば一応この場は納得しよう。

あまりグダグダと話していたら助けられる人も助けられなくなるしな。

「んじゃ、そろそろ動くぞ。作戦終了のサインは別に出す。もし不測の事態に陥った場合はさっきも言ったように御影型を出すなり街から脱出するなりしてくれ。あ、もちろんそのときはちゃんと黒天を魔品に収納してくれよ」

「……了解です」

相手は小型が多数。攻撃する場所と相手とタイミングは俺が自由にできるし、無理だと判断したら逃げてもいい。

つまりは好きな相手に奇襲し放題ってわけだ。

よし。切り替えるか。

「死なない程度に稼がせてもらうぞ」

◆◆◆

「行ったか。……いやぁ、おっかねぇなぁ。見たか？　さっきのアイツ。本気で俺を殺そうとしてやがったぞ？」

「そりゃそうでしょ。俺らだっていきなりあんなこと言われたら殺意の一つや二つは抱きますよ」

「……マジで？」

「マジです。社長とそれなりに付き合いのある俺らでもそうなんですから、知り合って一年も経ってない子供なら尚更でしょうね」

「……そうか」

「そうです。だから社長。言葉足らずは仕方ありませんが、あぁいう物騒な指示はきちんと信頼関係を築いてからにしてください。でないと本当に殺されますよ？　俺らに」

「お前らにかよ！」

「ええ。巻き添えで死にたくないんで」

「正直者どもが。まぁいい。準備は？」

「完了してます」

「よし。なら俺らも行くぞ。子供一人に戦わせるわけにもいかねぇからな」

「了解！」

対中型魔物用無反動砲：北間/

M045B 10mm拳銃：広野/

超硬片手十字槍：血鎗/超硬片手盾：八卦/

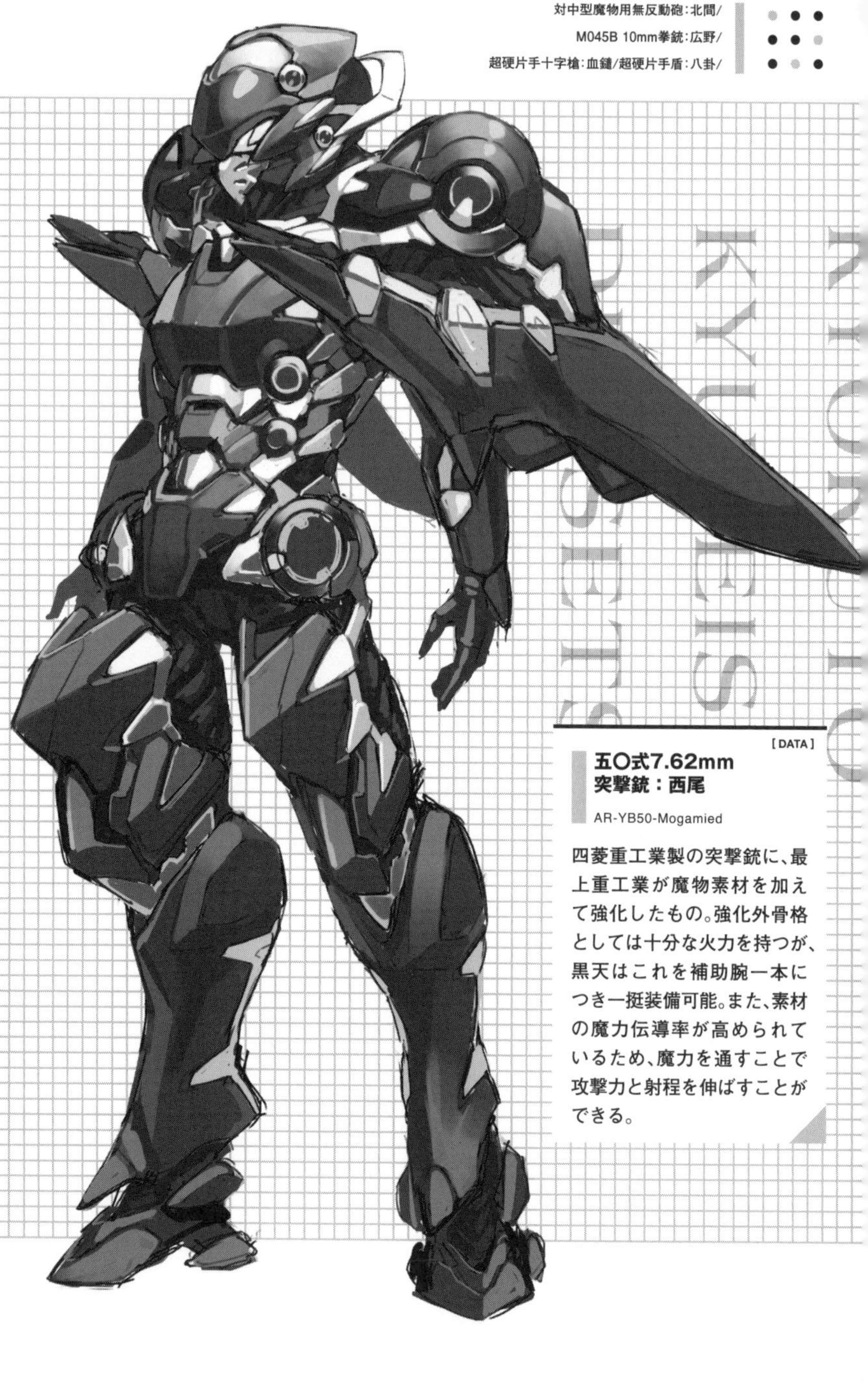

【DATA】

五〇式7.62mm
突撃銃：西尾

AR-YB50-Mogamied

四菱重工業製の突撃銃に、最上重工業が魔物素材を加えて強化したもの。強化外骨格としては十分な火力を持つが、黒天はこれを補助腕一本につき一挺装備可能。また、素材の魔力伝導率が高められているため、魔力を通すことで攻撃力と射程を伸ばすことができる。

[機体名]

黒天

御影型の活躍を見た国防軍上層部から要請を受けて開発された、最上重工業製魔晶対応型強化外骨格の試作機。

テスターとして川上啓太が指名されており、魔晶との適合率が高い兵士向けの特注品として開発されている。

「接近させない火力」をテーマにした四本腕を持つ異色の強化外骨格であり、二本の補助腕でも銃器を取り扱えるため、一般的な外骨格の倍以上の手数を発揮できる。補助腕は御影型で実用化されたコマンドシステムで制御されており、最終的には中型の魔物を討伐することを目指している。

武装の多くに魔物素材を採用することで魔力伝導率を高めており、戦闘に魔力を多用する啓太とは非常に相性が良い。

名前は四腕の神として知られるインド神話のシヴァと同一存在とされる大黒天から取られている。

[体高] 2.5m

[重量] 200kg
(機体本体の重量のみ)

[最大速度]
80km/h

[DATA]

超硬片手刀：村雨

BDP-F51-OSAHUNE-Mogamied

黒天のために試作された刀型ブレード。二井製鋼が開発した特殊鋼に魔物素材を多く混合することで、高い魔力伝導率を実現している。一方で、従来の強化外骨格用超硬片手刀よりも重くなってしまっている。

[DATA]

五三式12.7mm重機関銃：白鷹

HMG-YB53-Mogamied

四菱重工業製の歩兵支援用重機関銃に、最上重工業が魔物素材を加えて強化したもの。黒天の主火力であり、西尾と併用することで強化外骨格単機ではありえない弾幕を展開することが可能。

[DATA]

ワイヤーアンカー射出機

YA-M55

最上重工業製ワイヤーアンカー。最大飛距離は五〇メートル。高所へ移動する際などに使用する装備だが、工夫をすれば驚異的な三次元戦闘を行うことが可能となる。

[CAUTION]

KOKUTEN

七章　魔物蔓延《はびこ》る街へ

一

最上重工業が主戦武器として想定しているのは主に白鷹《しらたか》と西尾《にしお》。

肩口にある補助腕で西尾を二丁と、両手で持った白鷹を一丁（あるいは一門）の計三丁の銃で弾幕を張るのが本来の使い方となる。

ただし魔力による強化が可能な啓太は左右それぞれの腕で白鷹を装備した上で、補助腕でも西尾を装備することが可能なため、計四丁による弾幕の構築が可能である。

同様のことはそこそこ高性能な強化外骨格でも不可能ではないのだが、通常のものには弾を魔晶に収納する機能がない上、反動などで搭乗者に結構な無理を強いるため、魔力によるサポートが受けられないタイプの強化外骨格では実用は難しい。

近接武器は、これらの特注品を欲するのが近接戦闘に秀でた軍人である可能性が高いために装備させているものの、製造元である最上重工業がこの強化外骨格を『一人の技術より複数の火力』というコンセプトの下に製造しているため、近接戦闘そのものを推奨していない。

ただしテスターである啓太は、想定されている使い手である軍閥出身者と違い幼少期に銃器に触れていないため、重機関砲よりも近接武器を好んで使う癖がある。

啓太曰《いわ》く、魔力を通すと攻撃力が増すし射程も伸びるとのこと。

それを聞いた隆文らは当初ちょっとなにを言っているかわからなかったが、最終的に『魔晶に蓄えられた魔力を攻撃に使っている』ということで納得している。

魔力による補助を前提としている。

副腕を展開した際に行動の邪魔になる。

副腕の強度がそれほど強くない。

副腕の操作性が悪い。

等々、様々な欠点があるが、最大の欠点はその見た目だろう。

副腕を固定している場合は、上半身が異様に発達した筋肉ムキムキの魔物にしか見えないし、副腕を展開している場合は四本腕の魔物にしか見えないので、常に識別信号を出さなければ味方に撃たれる可能性がある。

また味方からの誤射を防ぐため常に識別信号を出している関係上、市街戦などを行う場合、敵に居場所がばれてしまうという欠点にも繋《つな》がっている。

この欠点は、本来は集団で戦うことを想定しているため識別信号に関する問題は大きなものにはならないものの、啓太のように単独行動をする場合は致命的な欠点となる。

……なるのだが、啓太も最上重工業の面々も『他人からの見た目』についての理解が薄い――というかそもそもこの見た目が問題になるとは考えていない――ため、識別信号についての問題を理解しておらず、最初から識別信号を発するという発想がない。

このため、まともな人間がこの強化外骨格をまともに運用しようと考えた際に発生するであろう『暗闇にちょうちんを灯して、自分の位置を知らせるも同然』という某アンテナのような問題が顕在化されるのはもう少し後、具体的には日本に戻った後に行われるであろうプレゼンを兼ねた報告会の席になる。

二

「間に合うか？」

黒天を装備した状態で一〇キロの距離を踏破するのに必要な時間はおよそ一〇分。

最高速度ならもう少し早いのでは？　と思うかもしれないが、最高速度はあくまでカタログスペック上のものだし、なにより最高速度をずっと出していると思わぬ不具合が発生する可能性があるので、やや抑える必要があるのだ。

そうして抑えて出す速度が六〇ｋｍ／ｈという時点で中々の速度だと思うが、このくらいであれば足の速い野生動物でも出せる速度だ。魔力によって強化された魔物なら尚更対応できる速度だろう。

それがなにを意味するかと言えば……。

『ガァッ！』

俺を見つけた魔物が襲ってくるということだ。

「邪魔」

『ゴフッ！』

といっても、向こうも高速移動中に攻撃と防御行動を両立できるほど器用ではないらしい。

なので、向こうが噛《か》みつきや引っ掻きをしようとして上半身を乗り出してきたところを断頭してしまえばそれでこと足りるのが楽でいい。

本来であれば他の魔物の食糧になったり、土地が汚染されてしまい疫病などが発生する温床になるため死体を放置してはいけないとされるが、今は緊急事態なのであえて放置する。

もちろんあえて魔物を引き寄せる餌にしたり、あとから来るであろう極東ロシアの軍人さんたちに対する土産――新鮮な魔物の素材は武器や防具の素材になる――でもあるので、焼却処分ができないという事情も無関係ではない。

まぁその辺は政治や商売の領域なので一軍人に過ぎない俺はノータッチを貫く所存だが。

とにかく、俺が最初に目指すのは救難信号を発した元である市庁舎だ。

すぐに信号が途絶えたことからすでに信号を発する機械は魔物に破壊されたと思われるが、それでもそこに生き残り――それも貴族の関係者である可能性が高い――がいると思われる以上、真っ先に向かわねばならない場所なのだ。

こんな状況で救難信号を発したら魔物に狙われるということくらいはわかっているだろうに、それでも信号を発したからにはなにかしらの意味があると思ったのもある。

「ゲームなら全部マッピングしてから行くんだけどな！」

そこに落とし穴があるとわかっていてもあえて踏む程度にはマッピングガチ勢の俺だが、さすがに救助対象者がいる状況でそんなことはしないぞ。あとでやるかもしれんけど。

市街地に入り、中心に向かえば向かうほど密度が高くなる魔物たち。

「小型にしてはデカいのが多いな？」

今、俺の目の前には三M級が二体と二・五M級が三体、合わせて五体ほどがうろついている。

『『……？　ッ！　ゴァァァァァ！』』

俺を見た魔物たちが威嚇の声を上げた。

「お。どうやら見つかったか」

一瞬動きが止まったのが疑問だが、ナニカあるのだろうか？

「まぁいい」

一対五だ。しかも相手は小型とはいえ中型に近い連中である。普通なら速度やワイヤーを利用した三次元軌道で戦闘を回避するのだろうが、今の俺にそんな暇はない。

「さっさと死ね」

まずは強化外骨格の力を利用してハイジャンプ。

『『ゴォォォ!?』』

「どこを見ている？」

『『グゥエァ!?』』

俺の動きに反応して上を見た魔物たちの喉元《のどもと》を掻っ切る。

俺に殺された魔物たちが不思議そうな顔をしているが、何のことはない。ワイヤーアンカーを地面に設置しておき、ジャンプと同時にワイヤーを巻いてジャンプを強制キャンセルしただけのこと。

所謂《いわゆる》小手先の技だが、俺の姿と初動から出せるであろう脚力を想像できるだけの知性と、ジャンプの動作に反応できる反射神経がある相手。即ち魔物に対する効果は抜群だ。

「慣性に逆らうことになるからそれなりに反動があるのが欠点と言えば欠点だな。魔力の補助がない奴がやるには相当きついと思うが、俺がやる分には問題ない」

ちなみに重火器を使わなかったのは、音を出さないためだ。五月蝿いからな、あれ。

「それに比べてブレードはいい。弾薬も必要ないし、魔力を籠《こ》めれば伸びるしな」

実際は伸びるというか短距離ではあるものの斬撃を飛ばせるようになるのだが、大した違いではないので最上さんたちには『伸びる』と報告している。

もちろん魔力由来の攻撃なので、相手が中型以上の魔物であれば障壁で相殺されてしまうが、相手が小型であれば問題ない。一方的に貫いて終わりだ。刃こぼれもしないので非常にエコな攻撃と言えるだろう。

尤《もっと》も、刃こぼれも弾薬も使用しない代わりに魔力の消費を警戒する必要があるのだが、その辺は個人の問題なので将来使う人に考えてもらえばいいことだ。

「要は俺が使えるかどうかだからな……って。何だ？」

退路を意識しつつ、できるだけまっすぐ市庁舎へ向かうこと数分。

おかしな動きをする魔物の群れを発見した。

数は数十体。なにかを包囲するような感じで展開していた。

ただし、包囲の西部分から数体が東、つまり包囲の中央部分にゆっくりと進んでいる。

「あれは狩り、だな」

まず、獲物を逃がさないように囲んだ上で追い詰める。

そして獲物が『もう少しで逃げられる！』と希望を見出した瞬間に『実は包囲されていた』という絶望を与えてから殺す。知性が発達した魔物がよくやることだ。

……元は人間がやっていたことなので、魔物を悪趣味と罵《ののし》れないところもまたいやらしい。

「だが、見つけたぞ」

『ドギュ！』

狩りをしているということは、相手は魔物ではなく人間。

それも、万に一つも抵抗することができないような弱者だ。

『ギャワ！』

現時点で、それもこの場所で生きていて、かつ力のない者となれば相手はかなり絞られる。

『バロッ！』

「市庁舎に篭《こも》っていた民間人か、それとも市庁舎の人間が何としても護ろうとしていた対象か」

『ガヒュ！』

包囲を敷いている魔物を駆除しつつ中央部に向かえば、そこには魔物の群れと一匹の魔物に頭を掴《つか》まれている一人の少女が……。

「手前ぇら！　なにしてやがる！」

妹様と同じくらいの年頃の少女が魔物に捕まっていると認識した瞬間、俺は駆け出していた。

「アァァァ！」

『ドアッ⁉』

『え？』

知っているか？　頭を掴んでいいのは頭を潰《つぶ》される覚悟があるやつだけだってことをなぁ！

「ダッヴァイ！」

『ジャッ⁉』

『えぇ？』

魔物風情が、群れているからって偉そうにしてんじゃねぇぞ！

「一対多？　一向に構わんッ！」

『ガッ！』

『えぇぇ？』

それと後ろで偉そうにしていた中型《貴様》もだ！

中型なら死なねぇと思ったか？　残念だったなぁ！

「貴様らはニンゲンを舐《な》めたッ！」

『ドォッ⁉』

『えぇぇぇ？』

「……ん？　終わりか？」

気付けば周囲には少女を囲んでいた魔物たちの死骸《しがい》、死骸、死骸。中には中型っぽいのもあったが、まとめて斬り捨てていたらしい。

魔力障壁はどうなった？

あぁいや、今はそっちじゃないな。

「少女よ、よく頑張ったな……って寝てるぅ⁉」

まずは絶体絶命のピンチに陥っていた少女を慰めようとしたんだが、件の少女は何とも安らかな表情をして寝ころんでいた。

いや、正確には気絶しているのだろう。

それだけ疲れていただろうし、恐怖も感じていたはずだ。

なのでそれから解放された途端に気を失うのも理解できる。

理解できるんだが。

「恰好《かっこう》つかねぇなぁ。ってかこれ、俺が運ぶのか？」

見た感じは妹様と同い年くらい。つまり一〇代前半くらい。

着ている服は汚れているが、間違いなく上質なモノだ。

多少アンモニアの臭いがするような気がするのは……多分気のせいだな。

「おそらくは貴族か、貴族の関係者だろう」

色んな意味で要救助者を救助したわけだが、これからどうしたものか。

「意識があるなら『向こうに行け』とか言えるんだが、意識がないなら担ぐしかないよなぁ」

移動するだけならそれでもいい。

だがこの娘さんを抱えながら魔物の群れと戦うのはさすがに無理がある。

「魔力がどんな影響を与えるかもわからんし、そもそも全力で動いたらGで死ぬからな」

俺は主君の息子を抱えて戦場を縦断した武人ではないのだ。まして相手は子供とはいえそれなりに成長した娘さん。抱え込んで動くには邪魔すぎる。

このまま戦闘の継続はできない。かといって放置もできない。ならば俺が選べることは一つだけ。

「……一度退く、か」

他にも要救助者がいるかもしれない。

俺が市内を回れば助かる命があるかもしれない。

だがそれをするには目の前の少女をどうにかする必要がある。

具体的にはここよりも安全と思われる場所に置いていく必要がある。

魔物に嬲《なぶ》るように襲われていた少女を置いていく？

たった一人でそれから逃げていた少女を置いていく？

意識を保ったまま魔物に頭を掴まれていた少女を置いていく？

もう少し遅かったら魔物に殺されていたであろう少女を置いていく？

それから解放され、今は『助かった』という思いから意識を失った少女を置いていく？

まだここを包囲していた魔物を完全に滅ぼしていないのに、自分を信じて気を失った妹様と同い年くらいの少女を置いていく？

「無理だ」

特に最後のが無理。

未だに助けを待っているかもしれない面々には申し訳ないが、一度撤退させてもらう。

「行くか」

ここは戦場だ。悩んでいる時間さえ勿体《もったい》ない。

なにより、もう少ししたらここを包囲していた魔物たちが来る可能性があるからな。

「……すまん」

俺は目の前にいない多数を探して救助することよりも、目の前で意識を失っている少女一人を救助することを選んだ。

この決断が正しかったのかどうかは後の俺が判断するだろう。

ただし、この決断があまり気持ちのいいものではなかったことは今後も忘れない、否、忘れてはいけないことなんだと、心に留めることにしたのであった。

三

「よくやった！」

「アリガト！　ホントニアリガト！」

「えっと。ど、どうも……」

ナ・アムーレから数キロほど離れたところに設営されていた臨時の指揮所にて、最上さんや向こうのお偉いさんから大歓迎を受けた件について。

どうやら俺が担いできたお嬢さんは向こうでも探していた人だったらしい。

なんたって合流した際に想定よりも随分早く戻ってきた俺を見て怪訝《けげん》そうな表情を浮かべた最上さんが、俺が抱えていたお嬢さんを見るや否や破顔一笑して俺を褒め称えてきたし、向こうの軍人さんたちも大喜びで俺を称えてくれたからな。

また、俺を褒め称える声の中に『これでようやく退ける』という言葉があったことからも、彼女が相当な立場の人間であったことが窺《うかが》い知《し》れる。

ちなみに互いが使っている言語についてだが、極東ロシアの公用語はロシア語と日本語である。

主に使われるのはロシア語なのだが、知識層の人間であれば会話程度はできるとされている。

言わなくともわかると思うが、褒められたのは日本語で『ようやく退ける』というのがロシア語だ。

俺がそれを理解できるのは、同盟国の言語であるロシア語を履修していたから……ではなく、パワードスーツに備えつけられた翻訳機のおかげである。

ビバ技術。

で、詳しい話を聞いてみると、何とびっくり。彼女はナ・アムーレを治めている貴族の娘さん、もっと細かく言えば国家元首である大公閣下の従兄弟《いとこ》の娘さんだったらしい。

そりゃ軍人さんも彼女を置いて撤退はできんよな。

そして今回年若い彼女が親元を離れて一人で衛星都市であるアムールスクにいたのは、彼女がアムールスクの代官だったからだ。

代官として大人のサポートを受けつつ冬を迎える前の収穫やらなにやらを監督していたところ、運悪く魔物が襲来してきたらしい。

魔物が攻めてきたことを理解していながら、戦うことも指揮を執ることもできない彼女が事前に避難しなかったのは、偏に極東ロシアの法で『貴族は民間人より先に避難してはならない』というものがあるからなんだとか。

軍としても本音を言えば彼女を真っ先に避難させたかったらしいのだが、この法があったがために避難させることはできなかったそうな。

なぜそこまでこの法に固執するのか。

それは貴族制が存在する国家に於《お》いて貴族は貴族としての義務を果たしているからこそ国民が彼らの存在を認めているという事情があるからだ。

つまり先ほどの『貴族は民間人より先に避難してはならない』という法はただの慣習ではなく、極東ロシア大公国の根幹を成す法律なのである。

当然それは子供だからと言って免除されるものではない。

そういった背景があったからこそ、彼女は市街地に残っていたわけだ。

今は代官である少女の上司、つまり少女の父親がナ・アムーレからやって来て現場の指揮を執っているので少女が出なくとも特に問題にされることはないが、本来であれば今も彼女は防衛戦の指揮を執らなければいけない立場なんだとか。

尤《もっと》も、一人で魔物に追いかけられた上、ギリギリのところで助けられたことで気が抜けてしまい、今は深い眠りについている、文字通り満身創痍《まんしんそうい》の少女を戦地に送ろうとする人間はここにいないのだが。

話を戻そう。

魔物に突入された後、元々存在していた市庁舎の防衛部隊は彼女を逃がす前に全滅したようだ。

前線で戦っていた主力部隊も、押し寄せてくる魔物たちから市民を護るため市内に援軍を出す余裕がなかった。

結局彼らは雇い主の娘である少女の安否を確認することができないため勝手に退くことができず、かといって戦線を押し上げるだけの戦力があるわけでもないという手詰まり状態になっていた。

そんなところに現れたのが最上さんだ。

完全に浮いた――それも自国の正規軍に匹敵する火力を持った――兵力が参戦したことにより余裕ができた極東ロシアの軍人さんたちは、一部の兵を残して攻勢に移ることを決意した。

ちなみにこの時点で少女の生存は諦《あきら》められており、軍人さんたちの目的は少女の敵討ちと、民間人の保護になっていたらしい。

まぁ普通なら死んでいたからな。

なんならあと一〇秒遅かったら死んでいたからな。

だが、少女は俺という軍人さんたちが想定していなかった戦力によって無事——魔物に襲われた恐怖で心に傷を負ったかもしれないが——に保護された。

これにより要人を保護できたことで商売上の障害がなくなった最上さんらは大満足。向こうもVIPの娘さんを救助できて大満足。俺もボーナスが確定して大満足と、まさに三方ヨシの成果となった。

「それだけじゃねぇぞ。お前さんが彼女を助けてくれたおかげで、今回の件で日本国内で俺らに文句を言える輩がいなくなったんだ」

「あぁ。それもありましたか」

統括本部や参謀本部の予想が正しければ、今頃日本にも魔物が襲来しているはずだもんな。

そこで被害が出た場合、俺を貶《おとし》めたい連中が『彼らは魔物から逃げた』なんて悪評を流す可能性があった。でも今回要人を救助したことでそういった声を封殺することができるってわけだ。

というかそうなるように大公閣下にお褒めの言葉をいただくようお願いするんだとか。

相変わらず抜け目のないことだ。

ただそれをやると、俺らが助かると同時に俺らがここに来ることを認めた運用政策課の連中の首の皮が繋《つな》がることになるのだが、そこについては正直知らん。

最上さんや第二師団の方々の頑張りを期待したいところである。

とりあえず今の段階で言えることは、今回要人を確保したおかげで少しだけ不安が残っていた帰国後のケアに関するあれこれも完全に解決したということだ。

さらに少女の救出に成功したことで軍人さんたちの士気は上がっている。

思うに、これから彼らは市中に残された民間人を救出するため、攻勢に出るだろう。

先ほど誰かが言った『ようやく退ける』というのは、あくまで『退くという選択肢を選ぶことができる』って意味だからな。

普通に考えれば――十分な余力があることが必須《ひっす》条件だが――撤退よりも魔物を討伐しようとするはずだ。

そこで俺は考えた。

彼らがいれば俺一人が敵に狙われるということはない。

彼らがいれば要救助者を発見した際にいちいち俺が護送する必要もない。

魔物を独り占めしても文句を言われる筋合いがない。

なんなら建物を壊しても事故で済ませてもらえるだろう。

なにより、一度諦めたモノに手を伸ばすチャンスだ。

ここまで条件が整っているのであれば、追加報酬を狙わねば無作法というもの。

「最上さん。彼らの攻勢に合わせて俺ももう一度出て良いですか？」

「そりゃ構わねぇが、これ以上魔物を倒したところでお前さんに得は……いや、違うか」

「ええ。確かに損得の勘定がないとは言いませんが、今回は別ですよ。と言っても自己満足でしかないんですけどね」

「……あぁ。そうだな」

それに囲まれない限り小型も中型も潰《つぶ》せることはわかったからな。だからあそこに脅威は、ない。それは油断や慢心ではなく、純然たる事実だ。

だからこそ俺は『目の前に助けることができる人間がいるなら助ける』なんていう、人として当たり前の行動を取ることができる。

もちろん見返りを要求するが、それが目的なわけではない。断じてそれが目当てではないぞ、うん。

俺が再度出撃することが誰にとっての幸運となり、誰にとっての不幸になるのかは推して知るべし、といったところだろうか。

少なくとも俺は満足する。

それが魔物にとって良いことではないのも確かだろうが、その辺は諦めてもらうしかない。

というか……。

「殺しにきたんだ。殺される覚悟だってあるだろう?」

◆◆◆

「だから死ね!」

『な、なんだありゃ?』

『新しい魔物か⁉』

『いや、識別信号は味方だぞ！』

まだ生存者がいる可能性があるため御影型による蹂躙《じゅうりん》はできない。そのため、再突入することを決めた啓太が纏《まと》うのは、最上重工業製強化外骨格、黒天である。

「首だ！　首を置いていけ！」

基本的に、射撃の腕に自信がないが故に重機関銃や突撃銃を使わないようにしている啓太の戦闘方法は、距離を詰めて斬る、もしくは突く、逃げる敵には背中から拳銃《けんじゅう》で撃つ、になる。

『自分から魔物の群れに突っ込んで、剣で斬る？』

『……何でそんなことを？　銃を持っていないのか？』

さらに先ほどの成功体験から、啓太は魔物が自分の攻撃に耐えられないことを理解している。そのため、魔物の群れに向かって突っ込むことに躊躇《ちゅうちょ》というものがなくなっていた。

「倍の速度で突っ込めば破壊力も倍っ！」

『そういえば、日本人は頭のネジが外れてるから、絶対に敵対しないようにしろって婆ちゃんが言ってた』

『ハラキリの国だからな……』

さらにさらに、今回は一人で突っ込んでいるわけではない。周囲に友軍がいるのだ。

要救助者を救助したら友軍に任せればいい。

倒した魔物の後始末も友軍に任せればいい。

そして啓太は倒せば倒すだけ魔晶に魔力が溜《た》まり、自己が強化されることを知っている。

「ボーナスステージだ！」

他の連中にはやらんと言わんばかりに嬉々《きき》として魔物の群れに突っ込む啓太。

「くたばりやがれぇぇぇ！」

遠慮や自重という言葉を脳内辞書から消した啓太は、目に映る魔物に対して容赦なく刀を振るい、槍《やり》で突き、拳銃で撃ち抜いた。

川上啓太。完全にトリガーハッピー状態である。

『おい、アイツ、銃も持ってるぞ！』

『持ってるならなんで最初から使わねぇんだよ⁉』

『あれ？ つーか腕が増えなかったか？』

『増えた腕から何か光るのが出てないか？ つーか光ってないか？』

黒くて、上半身が異様に筋肉モリモリに発達していて、たまに腕が増えて、時にピカピカ光る怪しい人っぽいモノが、周囲の制止の声を完全に無視した上、妙なテンションで敵の群れに突っ込んでいく。もちろん単騎で。

「さぁさぁさぁさぁ！」

ところで、啓太のこの姿と一連の行動を、優勢になったことでやや冷静さを取り戻し始めている周囲の人たちが見たらどう思うだろうか？

『すごく……やべぇな』

『あぁ、よくわからんがやべぇことはわかるぞ』

『バカ。よくわからねぇからこそやべぇんだよ』

『腕が増えるんだぞ？　それだけでやべぇだろ』

『ああいうの、確か日本語だと「ヘンタイ」って言ったか？』

厳密に言えば変形だと思うが、この場にそうと突っ込める人間はいなかった。

第一、単身魔物の群れに突っ込んでいるにも拘わらず何故かテンションが上がりに上がってしまい、まるでなにかをキメた英国紳士並にイイ表情をしている啓太を見てしまえば、たとえ近しい友人であったとしても啓太を変態呼ばわりすることを否定するのは極めて難しいと言わざるをえない状況であった。

さらに悪いことは重なるもので。

『そうだ。俺は日本語に詳しいからな！　間違いない。あれが「ＨＥＮＴＡＩ」だ！』

なんと、自称日本語に詳しい軍人によって勘違いは訂正されるどころか肯定されてしまったのである。

『『『おぉぉ！』』』

極東ロシアの軍人が啓太のことをヘンタイと認知した瞬間であった。

最終的に、中型一〇体を含む数百体の魔物を討伐し、数千人の民間人を救うことに多大な尽力を果たしたことで、啓太は極東ロシア大公国内に於いて【ＨＥＮＴＡＩする英雄】もしくは【ＨＥＮＴＡＩした救世主】としてその名を残すことになる。

数日後、隆文から爆笑された上に大公からも変態呼ばわりされるも、自分が使っていた強化外骨格が変態することは事実だしなにより相手との立場の差や相手に悪気がない――隆文を除く――ことを知っているが故にはっきりとした抗議もできず、ただただその名を受け入れるしかなかった啓太の姿が見られたとか見られなかったとか。

それからさらに数日後、共生派経由でこの情報を耳にしたとある魔族が『いや、英雄とか救世主が変態行為をしたら駄目でしょ』と真顔で突っ込むことになるのだが、それはまた別のお話である。

八章　予期していたが予想できなかった大攻勢

一

啓太が極東ロシア大公国の首都であるハバロフスクにて大公を始めとした面々からヘンタイ扱いされて頬をヒクつかせていた頃のこと。

日本皇国が誇る国防軍の精鋭たちは、上層部や最上らが予想していた通りに襲来してきた魔物の大軍たちと向き合っていた。

いや、正確には違う。

国防軍は海に浮かぶ魔物たちに対して余裕のない砲撃を行っていた。


「撃て撃て撃て！　消耗なんざ気にするな！　観測？　いらん！　目視でやれ！　とにかく撃て！射程に入った時点で撃ちまくれ！」

指揮所で声を枯らしながら叫んでいるのは、今回も迎撃部隊の指揮官として采配《さいはい》を振るう第二師団きっての勇将、芝野雄平である。

本来であれば砲撃は敵が有効射程に入ってから、それも観測機――もしくは観測員――による観測が絶対に必要とされている。それは、そうやって命中精度を高めておかないと外した分の弾薬が無駄になるからだし、砲弾が外れた際に起こった爆発により生じた塵芥《じんかい》や磁場などが誘導の邪魔をするため、それ以降の砲撃の障害となってしまうからだ。

故に最初から観測をしない、それどころか着弾の確認もできないうちから本格的な砲撃を開始することなど、砲兵運用の常識からすれば決してありえないことであった。

当然命令を出している芝野とてその程度の常識は理解している。

なんなら本来芝野は砲兵にその常識を守らせる立場にある。

加えて『指揮官は常に冷静であるべき』という戒めもあるが、現在芝野はあえてその常識や戒めをかなぐり捨てていた。

芝野以外の司令部の面々も、現場で判断を下す佐藤少佐も芝野が出す命令に対して反対をしなかった。むしろ芝野から出された命令を全力で叶《かな》えようとしていた。

経験豊富な軍人たちがその常識を投げ捨てた理由はただ一つ。

この時期に魔物が襲来するだろうと見込んでいた参謀本部によって多数配備されていた観測船が捉《とら》えた魔物の規模が想定を遥《はる》かに超えるものだったからだ。

具体的に言えば『大型二〇体以上、中型二五〇体以上、小型が一〇〇〇体以上』という、誰もが想定していなかった規模の軍勢だったからだ。

「量産型も砲士も八房型も関係ない！　とにかく撃て！　上陸前にできるだけ減らせ！」

大型が二四体と言うだけでも大問題だというのに、その上中型が三〇〇体と小型が一〇〇〇体以上加わるのだ。これだけの大軍を前にして冷静さを保てる軍人などいない。

いや、最初芝野は冷静であろうとした。だがあえて冷静さを捨てることにした。

なぜか？　中途半端に冷静な人間がいると、逃げようとする連中が出ると判断したからだ。

（くそっ！　何故俺たちはこんな状況にっ！）

魔物による二度目の大攻勢。これを計画し、魔物を派遣した魔族からすればちょっとした実験であっても、迎撃側にとっては悪夢以外のなにものでもなかった。


（何故俺たちは『来襲するであろう敵の規模は前回と同数程度』と決めつけた⁉）

芝野は心の中で己の、否、自分を含む国防軍全体の怠慢を憂いていた。

（敵に大攻勢を目論むだけの知恵があるのであれば、次に行われる攻撃の規模が前回を超えることなど当たり前のことではないか！）

自分が兵を率いる立場であってもそうする。むしろそうしない方がおかしい。

（そんなことにさえ気付かなかった少し前の自分たちを殴り倒したくなる！）

もちろん芝野は敵が増えることを想定した上で、それらを迎撃するために必要な戦力を用意するべく第六師団と第八師団に協力を仰いだ。

その結果この場に集められたのは、まず草薙《くさなぎ》型が第二師団から二〇機、第六師団から一五機、第八師団から同じく一五機で計五〇機。

次いで八房型が、第二師団から四〇機、第六師団から三〇機、第八師団から三〇機で計一〇〇機。

砲撃専門の砲士が、第二師団から一〇〇人、第六師団から八〇人、第八師団から八〇人で計二六〇人。

最後に御影型の量産機が、第二師団から二機、第六師団から一機、第八師団から一機で計四機である。

本来であればここに前回大活躍した啓太が加わる予定――尤《もっと》も芝野を含めた国防軍上層部は啓太抜きでも十分な勝算があると判断していたため、啓太に関してはあくまで念のために待機させる予定――であった。

事実、敵の規模が前回のように大型一〇体前後、中型一三〇体前後、小型五〇〇体前後であれば――多少の損害は出したであろうが――迎撃は十分に可能な戦力であっただろう。

だが蓋《ふた》を開けてみればどうか。最初の報告の時点で前回の倍だ。

さらに前回のことを考えれば、この数からさらに増える可能性が高い。

従来の撃墜対被撃墜比率《キルレシオ》で換算すれば、草薙型五〇機が迎撃できるのが中型一〇〇体。八房型一〇〇機で五〇体。砲士と中型のそれは五：一なので、二六〇人の砲士が処理できるのは五二体。合計すれば中型の魔物を二〇二体までなら処理が可能となる。

問題は大型だが、これには量産型を当てる予定であった。

それは、量産型の撃墜対被撃墜比率は大型に対して一：三とされていたため量産型が四機揃《そろ》っていれば大型を一二体まで倒せる計算になるからだ。

なお、量産型の評価が高いように感じるかもしれないが、これはそのデータの元になった啓太が一：一〇で完勝していることが大きな要因となっている。

もっと細かく言えば、啓太の活躍を知った国防軍上層部——のさらに一部の人間——が『東北の田舎者が造った機体をほぼ素人の子供が使ってそこまでの成果を出せたのだろう？　なら財閥系企業によって造られた機体を本職の軍人が扱った場合、少なくとも三体くらいはいけるんじゃないか？』という希望的観測を交えた数字を出し、それを受けた財閥系企業の担当者が『練度に不安はありますが、一／三程度であれば余裕で大丈夫です』と太鼓判を押した結果がこの数字である。

芝野ら現場指揮官としては、量産型に対する不安はあれど上陸前の砲撃で魔物の数を減らせることを考えれば、もう少し余裕ができるとさえ考えていたのだ。

（その結果がこれかッ！）

大型を一二体倒せる？　敵は二四体だ。

中型を二〇二体倒せる？　敵は三〇〇体だ。

その上、小型が一〇〇〇体以上だ。

総数は想定の倍。つまり敵は自分たちの想定を軽く飛び越えてきたのである。

（完全に出し抜かれた！）

芝野の怒りの矛先は魔族の悪辣《あくらつ》さか、それともそれを読めなかった自分たちか。

「だが間に合った。状況は最悪ではない」

敵の規模を知った時点で、第六師団も第八師団もできる限りの兵を派遣していたため、これ以上の援軍を見込めない状況だった。だが襲来の前日に魔物の規模を知った芝野は、予備役として待機を命じていた部隊、即ち再建中の第三師団を徴集し前線に出すことにした。

その内約は、草薙型が一〇機。八房型が二〇機。砲士が五〇人。そして量産型が六機となる。

この中で芝野ら司令部が特に期待を向けたのは、当然のことながら六機の量産型だ。

彼らだけで大型を一八体倒せる計算になるのだから、この状況で期待しない方がおかしいだろう。

(先に遠距離砲撃で大型を潰《つぶ》すことができれば、中型相手にも余裕ができるからな!)

既存の量産型と合計すれば一〇機。計算上は大型を三〇体討伐することができる。

もちろんそこまで都合の良いようにはいかないだろう。だが少なくとも二〇体は倒せると芝野は見込んでいた。

また、第三師団の面々も当初は予備役として待機させられるよりも前線に出ることを望んでいたので――敵の規模を知った今はどう思っているかは不明だが――前線への配置換えは望むところだったはず。

(相手が想定以上の数だからと言って、この期に及んで命令を拒否させるつもりはない! 精々武功を立てるのだな!)

芝野としては第三師団に多めの量産型が回されていたことに思うところがないわけでもなかったが、状況がこうなってしまえば逆に感謝したいくらいであった。

第三師団からの『聞いていない』という文句やら、上層部からの『大丈夫か?』などという愚にもつかない質問やら、他にも大小様々な問題にイラつくことはあったものの、最終的に芝野は魔物が上陸する前に可能な限りの戦力を集めることはできた。

あとはそれを正しく運用できるか否か。

（まともに実戦を経験していない量産型に全軍の命運を託すのは確かに賭《か》けだった。しかし状況は川上特務中尉も似たようなもの。乗り手が正規の軍人だと考えれば、決して分が悪い賭けではなかった！）

そう考える芝野だが、彼は別に啓太を軽んじているわけではない。むしろ啓太のことを誰よりも高く評価していると言っても良い。

芝野は、東北の一新興企業が造った試作機よりも、長年国防軍と共にあった財閥系企業が造った量産型の方が優れていると考えただけだ。

通常は何の土台もない状態から始める試験機よりも、その試験機のデータを流用・抽出・応用して造られる量産機の方が優れているものだから。

芝野は、これまで国防のための訓練に明け暮れてきた同僚たちと、急遽《きゆうきよ》戦場に出ることになった学生を比べれば、前者の方が勝つだろうという、ある意味では常識と言える思考に則って考えただけだ。

実戦経験がない？　ここで積めばいい。評価？　結果で証明すればいい。国防軍が誇る精鋭ならそれができる！　国防軍は川上特務中尉がいなくても戦えるのだから。

（負けはせん。負けはせんぞ！）

今までで最大規模の被害が出るかもしれない。

だが国防は成る。

このときは誰もがそう思っていたし、芝野もそう結論を出していた。

その判断は決して非難されるようなものではない。

軍上層部が算出した情報が正確なものであったのならば、彼らの判断は決して間違ったものではないのだから。

……だが現実は非情である。

◆◆◆

「弾幕薄いぞ！　左翼、なにをしている！」

犠牲は出るものの、ある程度の余裕を残して勝てる。

その確信の下、芝野ら司令部は全軍に指示を出す。

――自分たちが抱いていたその確信が『前提条件から間違っていた』ということに気付くのは、魔物が上陸した後。本格的な戦闘が始まってから僅《わず》か数分後のことであった。

二

「魔物が上陸しました！」

「数は⁉」

「大型一一、中型二〇〇以上、小型八〇〇以上！」

「くそっ！　やはり火力が足りんか！」

機士隊を率いる第二師団所属佐藤泰明少佐は、上陸させてしまった魔物たちの数を耳にした瞬間、思わず悪態をついてしまった。

部下の前で見せて良い態度ではない。なにより佐藤は芝野らがどれだけ苦労をして今回の陣容を整えたのかを知っている。故に文句を言うべきではないと頭では理解していた。

にも拘わらず、文句が出てしまった。

だが、それも無理ないことだろう、何せ一〇キロ以上離れた地点にいる段階から絶えず砲撃を行ったにも拘わらず、予定していた戦果を得られなかった《大型の魔物を殲滅することができなかった》のだから。

『第一砲撃小隊から順に斉射！』

指揮所から聞こえる芝野の声も普段の冷静さをかなぐり捨てたものであった。

ちなみに今回の迎撃戦に先だって編成された砲撃部隊は全部で五つの小隊からなっている。

その詳細は、それぞれに量産型二機と砲士三〇人。それらが上陸地点を半包囲する形で配置されている。

もう少し細かく言えば、第一、第二、第三小隊の量産型が第三師団から出されたもので、第四小隊は一機が第二師団でもう一機が第六師団の混成で、第五小隊も第二師団から一機、第八師団から一機という形になっている。砲士についてはできるだけ均等になるように配置しており、砲撃小隊に含まれていない砲士たちは機士隊の傍から砲撃を行う手はずとなっていた。

これは戦力の均一化と敵の反撃に備えて考えられた編成だ。

砲撃小隊の編成については以上である。

話を戻そう。

もちろん冷静さを欠くことは指揮官としては慎むべきことなのだが、今の佐藤には芝野の考えが痛いほどわかるので、司令部に対してそれを言及することはなかった。

なにせこれから魔物と切り結ぶことになる佐藤にも、同僚たちが抱えている恐怖心が理解できるのだから。

（ここで冷静になっては駄目だ。今は知恵捨《チエスト》の教えに従い、邪念を捨てるべきとき！）

考える段階はもう過ぎた。

これ以降は勢いこそが重要。

勢いがなければ勝てるものも勝てはしない。

（必要なのは純粋な戦意ッ！）

最低限の冷静さを保ちつつ修羅と成る。

（部下の安全と敵の殲滅《せんめつ》を両立させなければならないのが指揮官の辛いところだな）

そう独り言ちながら、佐藤は己の中の戦意と魔物に対する殺意を高めていく。

普段であればその両方を純粋に高めることは極めて難しい。

だが今は、今だけはそのことに苦労はない。

何故なら今、このときも友軍が魔物の手によって討たれているのだから。

「魔物どもからの反撃！」

友軍の砲撃に対する反撃は大型一〇体以上、中型二〇〇体以上の魔物たちによる一斉砲撃だ。

その勢いと威力は熾烈《しれつ》の一言。

「第一砲撃小隊、消滅しました！」

一撃で量産型二体と砲士三〇人からなる小隊が消し飛んだ。

大型の装甲を材料にした盾があったはずだが、そんなものは関係ないと言わんばかりの威力である。

「……戦果は？」

しかし彼らの死は無駄ではなかった。

「三〇M級が一体、二五M級が一体沈黙！」

「……そうか」

生き残りの中で一番大きな魔物を狙ったのだろう。

彼らの一撃は確かに魔物に届いていた。

『怯《ひる》むな！　第二砲撃小隊から斉射！』

そしてこの指揮所からの指示も秀逸だ。

「着弾確認！　二五M級一体、二〇M級二体沈黙！」

魔物はその生態からほぼ反射で反撃を行う。

そのため魔物による反撃は、一番最初に撃ったところにくる可能性が極めて高いというデータがある。

「反撃、来ます！」

このことを知っていれば、ある程度は魔物からの反撃が来る場所やタイミングをコントロールすることが可能となるのだ。そして全体の指揮官である芝野は当然このことを知っている。

「第二砲撃小隊、消滅！」

（第一、第二砲撃小隊を構成しているのは主に第三師団閥。つまり司令部は最も未熟にして崩れやすい連中を先に使うことで覚悟を決めた機士を生存させ、継続して戦果を上げることを望んだわけだ。……芝野大佐も修羅となったらしいな）

消費するなら未熟な者から。ゲームなどでは当たり前の判断だが、実戦でそう割り切ることができる指揮官は極めて少ない。

もちろんこの判断には余計なことをした第三師団閥に対する当てつけもあるのだろう。だが死ぬのは彼らだけではない。順番が多少代わるだけで、全員が反撃を受けることは変わらないのだから。

『第三砲撃小隊以下、一斉に砲撃！　いいか！　デカいのを狙え！　狙いが被っても一向に構わんッ！』

（一斉？　あぁ、さすがにここまでくれば生き残った第三砲撃小隊も『先に攻撃した部隊が反撃を受ける』と気付くだろうからな。司令部は連中に命令拒否をさせないつもりか。だがそれは反撃が全体に及ぶということだが……む、弾幕が薄い？）

第一、第二小隊がいないのだから先ほどよりも弾幕が薄くなるのは当然のことではある。

まして今はそれぞれの小隊以外からも砲撃が行われているため、詳細を把握できる状態ではない。

そのため気のせいと思おうとした佐藤だが、一度覚えた違和感は拭《ぬぐ》えなかった。

そして佐藤が覚えた違和感の答えはすぐに訪れる。

「着弾確認！　二五Ｍ級一体、一五Ｍ級が一体沈黙！」

（これで沈黙は七体。残りは四体。生き残り次第ではいけるか？　しかし……）

「反撃！　第四砲撃小隊消滅、第五砲撃小隊、量産型一機と砲士五人を残して消滅！　第三砲撃小隊は……は？」

「どうした！」

「し、失礼しました。第三砲撃小隊に被害なし！」

「……なに？」

他の小隊が甚大な被害を受けたにも拘わらず、一切の被害がない。

もしもそれが『敵の攻撃を回避した結果』であればいい。

そもそも量産型はそのように運用するために造られた機体なのだから、佐藤とて敵の攻撃を回避することに成功した量産型の機士を褒めることはあっても眉《まゆ》を顰《ひそ》めることはない。

だが、生き延びたのは量産型だけではない、小隊そのものが無傷、つまり砲士たちも無事だというではないか。

別に砲士に死んで欲しかったわけではない。ただ小隊全てが無事という事実がおかしいのである。

このことから導き出される答えは一つだけ。

（第三砲撃小隊に反撃がいかなかった。これしかない）

ではなぜ第三砲撃小隊に反撃がいかなかったのか？

（可能性は二つある。他の小隊と比べて攻撃が遅れたか、もしくは砲撃自体をしなかったか）

普通であれば前者だ。師団そのものが再建中であるが故に第三師団閥に所属する軍人たちは練度が足りていない。

そのことは佐藤も承知している。故に、精鋭である第二師団を加えている他の小隊と差が出るのは当然だ。

また、確かに第三師団閥は余計なことをして決戦兵力である川上啓太を戦場から遠ざけた戦犯だろう。だがここにいる面々は政治屋きどりの連中ではなく、自分たちと同様に命を懸けて国防にあたる同志である。

それが自分の身の可愛さで味方を裏切るような真似をするはずがない。

（そうだ。反撃を恐れて砲撃をしなかったなんてことはあり得ない！）

そう思おうとした佐藤であったが、その思いは指揮所からの通信によって否定されてしまう。

『第三砲撃小隊ッ！　……先ほどの弾詰まりによる砲撃の遅延は不問に処す！　直ちに砲撃を始めろ！』

（あぁ。やはりそうか）

小隊全てが弾詰まりを起こすことなどあるはずがない。

（一応戦場の事故ということで片付けようと配慮しているようだが……）

配慮はしているのだろう。だが怒りを隠そうともしない通信が全てを物語っていた。

「あ、だ、第五砲撃小隊、さらに攻撃！　二〇Ｍ級一体沈黙！　反撃で……おぉ！　量産型が反撃を回避しました！　あれは柿崎《かきざき》中尉です！　砲士は消滅しましたが中尉はさらに追撃を……ああ！」

中尉の攻撃が傷付いた大型を仕留めると同時に、生き残っている魔物たちからの反撃が放たれた。

その結果は、聞くまでもない。

「一五Ｍ級、沈黙。しかし柿崎中尉も……」

「見事」

最後の最後まで魔物と戦い、一人で大型を二体仕留めるという大殊勲を立てた柿崎中尉。

もちろん彼一人の手柄ではない。これまでの度重なる砲撃によって魔物も少なくないダメージを受けていたからこその戦果だが、それでも命を懸けて止めを刺した柿崎中尉に対して佐藤は称賛を惜しむつもりはなかった。

しかしながら、そうまでして戦い散った部下がいる反面、同じ戦場に今もなお無様を晒《さら》し続ける者たちがいることに憤りを覚えているのもまた事実。

「で、第三砲撃小隊は？」

「……動き、ありません」

「そうか」

（無様な）

心が折れたのだろう。第三砲撃小隊はもう使えない。

佐藤はそう割り切ることにした。

『……機士隊、戦闘準備』

そしてそれは佐藤だけでなく、司令部も同様であった。

現状は戦後のことを考えている余裕などないのでいったん放置する形としたものの、戦闘が終わったあとは吊《つ》るし上げるつもりであることはその声色からも十分に伝わった。

(戦後、か。川上特務中尉がいればこのような被害は……いや、今はそんなことはいい)

「出るぞ。砲士と八房隊は残った大型を狙え！　相手は無傷ではない。勝てるぞ！　ただしできるだけ八房型に攻撃がいくよう調整を忘れるな！」

「「「はっ！」」」

八房型が死んでもいいというわけでない。機動力があり回避能力が高い八房型に攻撃を集中させることで、砲士に攻撃がいかないようにするための指示である。

「草薙《くさなぎ》型は近接戦闘用意！」

「「「はっ！」」」

量産型が生き延びていたら焼夷榴弾《しょういりゅうだん》による範囲攻撃をさせて小型や中型に打撃を与えさせていたのだが、戦える者たちは全滅してしまった。

ならばほとんど無傷で残っている魔物たちは草薙型で相手をするしかない。

(近接戦闘を旨とする我らを待ち受けるは三〇〇を数える中型の魔物たち。支援もほとんど受けられない。距離を縮めるのも苦労するだろう)

絶望を絵に描いたような状況だが、魔物を前にした佐藤の表情に絶望の色はなかった。

(被害は相応に出るだろうな。というか、すでにかなりの数の被害が出ている。今後の防衛戦に支障が出るのは間違いない。しかしっ!)

「魔物が三〇〇体いようと、一度に全ての敵と当たるわけではない! まして連中は連携を取れぬ獣だ! 常に三対一で当たることを忘れるな!」

「「「はっ!」」」

「俺たちは国を背負っている! この国に、魔物どもに与えるものはなに一つない!」

「「「はっ!」」」

「総員、抜刀!」

「「「はっ!」」」

「出撃ッ! 先頭は第二師団が受け持つ。他の師団は我らが開けた穴を広げられたし!」

「「「はっ!」」」

第二師団が誇る最精鋭部隊が前に出る。

『グァ!』

戦気。とでも言うのだろうか、彼らが放つソレを察した魔物が、今も砲撃を続けている八房型や砲士たちを差し置いて、粛々と歩を進める佐藤らに向けて魔力砲撃を放つ。

もしもこれが第二師団以外の師団であったなら、いや、この集団の先頭に立つのが佐藤以外の人間だったなら、この攻撃を大型の装甲を加工して造られた盾で以て防ごうとしただろう。

だが佐藤は精鋭部隊の中の精鋭部隊を率いる武人であり、その腕でこれまで一〇体以上の中型の魔物を斬り捨ててきた、押しも押されもせぬエース機士である。

（心・刀・滅・却！）

「チェイアァァァ！」

魔物から放たれた砲撃は、佐藤の目の前で霧散した。

いや、この表現は正確ではない。

『ガァ？』

「魔力を攻撃に使えるのは特務中尉だけではないぞッ！」

何と佐藤は自分に向けて発せられた魔力砲撃を、その手に持った刀で斬り捨てたのである。

もちろんこれは偶然の産物ではない。

佐藤が持つ卓抜した武術の腕と、これまで培ってきた魔力によって成された必然の結果だ。

「見たな？　道は俺が斬り開く！　全軍、続けぇぇ！」

「「「おぉぉぉぉぉ！」」」

――後にこの戦闘データを見た他の師団の面々は『第二師団こそ最精鋭』と謳《うた》われる理由を知り、生き延びた面々に対して惜しみない称賛を向けることとなる。

しかし、多くの人々から称賛を向けられた当人たちがそのことを純粋に喜んだかどうかは明確にされていない。

三

「それで、今回の損害は、量産型が八機大破、というか消滅。草薙型が大破二三機、中破二一機、小破六機。八房型が大破三一機、中破三機、小破六機。砲士は一八二人が死亡。加えて戦車九二輌が大破、五〇輌以上が中破。随伴兵も四〇〇人以上が死亡。重軽傷者は一二〇〇人以上、と。インパールで文字通り全滅した第三師団のそれには及ばんが、甚大な損害を受けたことは間違いないな」

「はっ」

「大破した草薙型は機士も全員死亡。八房型の中破や小破が少ないのは元の防御力が低いので、攻撃を受けた時点で大体が大破になるから。もちろん大破した機体に乗っていた機士は草薙型と同じく全員死亡。砲士については言うまでもない、か」

「はっ」

報告書を前にして『頭が痛いわ……』と呟《つぶや》くのは統合本部長浅香涼子《あさかりようこ》。

その真正面で必死で怒りを我慢しているのが第二師団長の緒方勝利《おがたかつとし》である。

浅香の頭を悩ませるのは主に再建に掛かる費用と時間だが、緒方が怒りを覚えているのは戦闘の前から余計な茶々を入れて決戦兵力である啓太を戦場から遠ざけただけでは飽き足らず、現場で碌《ろく》に働かなかった人間を派遣してきた第三師団閥の面々に対してであった。

「と言ってもな。第三師団の面々とて派遣した四機の量産型と五〇人の砲士、さらに相当数の草薙

型や八房型とその機士たちを失っているのだ。これで『働いていない』とは言えんよ」

「それはそうですが……」

「それにな。件の第三砲撃小隊が仕事をしなかったのは『弾詰まり』を起こした最後だけだ。それまでは拙いながらも砲撃に参加している。貴官はそれも『認めない』というつもりか？」

「……いえ」

「もっと言えば、その場面で『弾詰まり』ということにしたのは現場指揮官である芝野准将だ。尤《もっと》も、あの場で『命令違反』などと言えば士気が崩壊していただろうからそう言うしかなかったのだろうが、それでも現場で下された判断は『弾詰まり』だ。そうである以上、注意勧告の対象にはなっても罰する理由にはならん」

「……はい」

浅香は口にしなかったが、後方――もちろん統合本部を含める――では、第三砲撃小隊の面々に対して、前線の憤りとは裏腹に経験を積んだ上で生き延びたことを喜ぶ声が少なくない。

（緒方君には悪いけど。私自身にもそういった気持ちはあるからね）

経験を積んだ兵士も惜しいが、経験を積んだ機体はなお惜しい。それが大型を一撃で討伐できる可能性を孕《はら》んでいるものであれば尚更だ。

（彼らは今後のために必要なのよ）

軍上層部はそう判断した。それ故、どれだけ今回の戦いに参加した面々が直訴してきたとしても、第三砲撃小隊に所属していた面々を罰することはできないのである。

それだけではない。緒方にとって悪い報告はまだ続く。

「そして川上中尉を戦場から遠ざけたことだが、これも罰する対象にはできん」

「そんな！」

第二師団の面々は共通して『川上特務中尉がいれば損害はもっと少なかった』と思っている。

事実、啓太が戦場にいて前回と同じ成果——もしくは少し落ちる程度の成果——しか出せなかったとしても上陸に成功した大型の大半は片付けていたはずだ。

一一体全てとは言わない。だが仮に大型が八体少なければ、その分だけ砲撃や反撃による犠牲はなくなっていたことは明白である。

それは彼らの思い込みではなく、確かな実績を参照にしたものだ。そのため今となっては第二師団だけでなく第六師団や第八師団の面々の中にも、啓太を戦場から遠ざけるような小細工をした第三師団に対する怒りが生じている。

そのため緒方は第三師団閥の面々になにかしらの罰則を与えて欲しいと直訴しに来たのだが、浅香の返答は否であった。

「貴官の言い分は理解できる。しかしな。此度中尉は、同盟国の姫君と多数の民間人を救出するという実績を上げている。そのきっかけとなったのは、最上重工業と彼に対する例の特務だ。如何なる思惑があったとしても、それを発令した面々を罰することはできん」

「くっ」

正確に言えば啓太が救助したのは『同盟国の国家元首である大公閣下の従兄弟である伯爵の娘さ

ん』なのだが、一般的には大公閣下の親族として扱われているので、両者共細かい修正はしない。

そして対外的に見た場合、彼女がどのような扱いになるかと言えば、それこそ皇族である浅香と同じような立場となる。

このため浅香は運用政策課の面々に対し、同格の少女を救った切っ掛けを作ったことを褒めることはあっても罰を与えるような意見を唱えることはできないのだ。

「それにな。罰を与えるにしても、なにを名目にして罰を与えるつもりだ？　まさか『特務中尉に勝手に特務を与えたのが悪い』とでも言うつもりか？」

「それは……」

「結果はさておき、命令を出した経緯には私も不満がないとは言わん。だがな。少なくとも連中は正規の手続きを介した上で中尉に特務を与えている。対して貴官はどうだ？　打診はしていたかもしれんが、正式な手続きをしていなかっただろう？」

「……はい」

繰り返すが、浅香にも出し抜かれた形となったことに不満はあるのだ。啓太が戦場から引き離されたことについても、確かに自分たち統合本部の不注意もあっただろうとは思っている。

だが、もう一度同じことをされたとしても浅香は第三師団閥の狙いを阻むことはできないだろうとも考えていた。

なにせ彼らはなにもしていないのだから。

具体的に言えば、今回彼らがやったこととは最上重工業に対して『新型の強化外骨格を造ってみたらどうか?』と提案しただけのことでしかないのだ。

啓太に関しても『引き続き最上重工業に協力するように』という、元から出ていた命令を再度出しただけ。

これがもし新作のプレゼンだったり、正式採用を懸けたコンペなどであれば浅香も口を挟めただろう。だが『新作を造る提案』にまで口を挟むことができるはずがないではないか。

というかそんなことまで耳に入れられるほど浅香は暇ではない。

よって今回は『魔物が来るとわかっておきながら新たな命令――たとえば待機命令――を出さなかった第二師団が悪い』という彼らの言い分が通ってしまっている。

では、この解釈を利用して軍に吠《ほ》え面《づら》をかかせようとした最上隆文に対してなにかしらの罰を与えることができるのか? と問われれば、それも難しい。というか無理だ。

なぜなら最上隆文がそういう行動を起こした元凶が、第三師団閥や彼らと繋《つな》がりがある財閥系企業による嫌がらせにあるからだ。

それから隆文を守らなかった第二師団や統合本部が、どの面下げて自己防衛を果たした隆文に文句を言えというのか。

よって緒方らは第三師団にも、財閥系企業にも、最上重工業にも、もちろん啓太にも文句を言うことはできない状態であった(尤も啓太に対しては初めから文句を言うつもりはないが)。

ただし、軍上層部としても防衛戦で命を懸けて戦った将兵の気持ちを完全に無視するつもりはない。

「もちろん、連中に何の処罰もなしでは納得できない者が多数いることは理解している」

「はっ」

「しかしながら、我々は感情で法や罰則を与えることを良しとするつもりはない」

「……はっ」

それをしてしまったが最後、国防軍はそれぞれの派閥が率いる私兵の集団となってしまう。故に浅香は感情による報復を絶対に認めない。

「それらを考慮して出されたのがこの折衷案だ」

「拝見します。……なるほど」

緒方が受け取った書類は、今後の再編計画に関する要綱を纏《まと》めたものであった。

「うむ。見ての通り第三師団再建計画を凍結し、その分の予算を第二師団、第六師団、第八師団の再建に当てることになった。……これで現場を抑えられるか？」

「……難しいでしょうが、抑えましょう」

「頼む」

「はっ」

人の感情とは厄介なモノだ。それが自分や近しい者の命が懸かっているとなれば尚更。

しかしそれを理解した上でなお、法の上でも理屈の上でもこれ以上の優遇措置は取れない。暗にそう伝えられた緒方は、本心では納得していないものの『これ以上は我儘《まま》になる』と判断し、浅香から出された折衷案を受け入れることにした。……受け入れないという選択肢がなかったとも言うがそれはそれ。

　これから部下を説得することになる緒方は今から疲れた顔をしているが、それも己の迂闊《うかつ》さが招いたことと考えれば我慢するしかない。

「ところで」

　現場の意見について一応の納得を見たところで、浅香は話題を切り替えることにした。

「川上中尉だが、正式な所属を第一師団とすることとなった」

「それは！」

　啓太は最初から第二師団が唾《つば》を付けていた人材である。

　入隊試験を受け持ったのは偶然だが、それ以降、つまり軍学校に推薦したのも第二師団だし、試験を行う際に優遇処置を出したのも第二師団だ。

　これがもし他の師団であれば、ここまで早く啓太が頭角を現すことはなかったと断言できる。それを成功したからと言って奪うのは横暴が過ぎるのではないか。

　ただでさえ戦力の再建が急がれるというのに、ここで啓太まで外されては国土の防衛さえ覚束なくなる。

「貴官が言いたいことは理解しているつもりだ」

「では！」

「理由がある。まずはそれを聞け」

「くっ！」

焦る緒方を宥《なだ》める浅香の声はどこまでも冷静だ。

「まず今回の件だがな。私は川上中尉を特務尉官としていたことが一つの元凶になってしまったと考えている」

当然のことながら、特務尉官である啓太に与えられる任務の大半は『特務』となる。

そして特務の内容を知るのは、命令を受けた当人と極少数の関係者のみ。よって今回の件では、担任であり上官でもあり、監視者でもある久我静香《くがしずか》はもとより、制度上学生や教師を取りまとめる立場である校長ですら啓太に与えられた特務の内容を知らなかったのだ。

もし知っていたら、間違いなく『本当にいいのか?』と浅香に連絡が入っていたことだろう。

だが彼らはその内容を知らなかった。その反面、彼らは魔物が再度襲来するという情報を持っていた。そのため啓太に与えられた特務を『また迎撃に使う気なのだな』と誤解していたのである。

これはなまじ知識があったために生まれた誤解と言える。

当然、そう勘違いしている以上、確認の連絡など来るはずがない。

結果として、学校側の関係者は誰一人として啓太が九州ではなく極東ロシアに出向いたことを知らなかった。

それは同級生たちも同じであった。国防軍が九州で魔物と戦闘し、甚大な被害を受けたものの迎撃に成功したという報告と同時に、啓太が極東ロシアで功績を立てて騎士に任じられたという報告が来たときには、一様に『どういうことなの?』と首を捻《ひね》ったくらいである。

これは友人たちにも任務を知らせていないが故に生じたことなので、ある意味で啓太は任務を隠すべき『特務尉官』として相応しい隠蔽《いんぺい》工作を行ったと言えるかもしれないが、問題はそこではない。

要するに今回のケースは、特務という使い勝手の良い立場と、所属を曖昧《あいまい》にしていたこと。そこに派閥や企業の思惑が重なり、最悪の形で顕現してしまった事故と言える。

「それを防ぐため、今後は特務ではなく正式な中尉とした上で、第一師団の預かりとする。こうして中尉を正式に久我少佐の部下とすることで他の連中がなにかしようとしても、最上重工業はまだしも川上中尉にはおかしな命令を出すことはできなくなるだろう」

「それはそうでしょうが……」

理解はできる。しかしそれでは第二師団の立場がない。緒方は面子よりも実益を重んずるタイプの人間だが、面子を全く気にしないというわけではない。まして啓太の存在は実益に直結するものだ。

しかし浅香には浅香の考えがある。

不満を隠そうとしない緒方を見やりつつ、浅香はその考えを口にする。

「元々軍学校の生徒の立場は、出自はどうあれ第一師団の預かりとなっている。これは知っているな？」

「……はい」

そうしないと学内での贔屓《ひいき》や差別に繋がるからだ。この時点で特務中尉から中尉になった啓太の所属が第一師団の預かりとなる名分としては十分だろう。

だが浅香の言葉は終わらない。

「また、同盟国の姫を救い騎士に叙された中尉を一介の軍人と同じ扱いはできん。それもわかるだろう?」

「……はい」

そう。さらりと流しているが、実は啓太は極東ロシア大公国に於《お》いて正式な騎士として任じられていた。

もちろん引き抜き工作の一環だし、騎士号も向こうに住まない限りは名誉職に過ぎない称号だが、それでも国家元首自らが与えた称号だ。その価値は決して低くない。

「祭典の際、中尉が向こうの引き抜きを断った際の言葉を知っているか? 彼は『どうだ? 我が国に移り住む気はないか? もし貴公が我が国に来てくれるというのであれば、貴公が助けてくれた彼女を貴公に嫁がせても良いと考えている』と、暗に貴族として迎え入れるという引き抜きをしてきた大公閣下に対し、迷わず『お言葉はありがたく。ですが我が忠義はすでに天皇陛下その人に捧《ささ》げております故、その御誘いはお断りさせていただきます』と答えたそうだぞ?」

「それは……」

引き抜きに対する模範解答と言えばその通りだ。しかしそれを行ったのが一五歳の少年となれば周囲に与える印象は社交辞令のそれとはまるで違うものとなる。

——実際のところは『寒いの嫌だし、インフラ整ってないし、国家元首の縁者が簡単に死にかけるようなところに妹様を預けたくない』という、相手に知られたら評価がガタ落ちになるような我欲丸出しの理由で断っているのだが、そんなことは啓太が口にしなければわからないことなので、啓太の評価は上がることはあっても下がることはなかった。

「公衆の面前で引き抜きを断られた形となったが、大公閣下は笑いながら『これほどの武人に忠義を向けられているとは、貴国の皇が羨《うらや》ましいものだ』と応じたらしい。当然その賛辞を受けた陛下も悪い気はしていない」

「そうでしょうな」

同格の相手に社交辞令を超えた賛辞を受けて喜ばない者はいないだろう。

「で、他国の国家元首に、それも公の場で極めて高く評価された川上中尉に興味を抱いた陛下は、周囲の人間に中尉のことを調べさせられた。そして中尉の行ったことの詳細を知られた」

「……」

「国内に於ける戦果でさえ大型一四体。中型数十体。小型がたくさんだ。それに加えて今回の遠征で中型一〇体以上、小型を数百体討伐していることを知られたわけだ。すぐに私と元帥閣下が呼び出され『なぜこれだけの勇士を少尉などのままにしているのか！』と直接叱責なされたよ」

「……彼の実績を見れば、陛下がそう思われる気持ちもわかります」

「そうだな。こちらからも彼の年齢や彼を取り巻く事情をご説明させていただき、一応のご寛恕《かんじょ》は得た。しかし『かの者に対し正当な評価をするように』と釘《くぎ》も刺されたわけだ」

「……なるほど」

「正当な評価をすると言っても、彼はまだ学生だ。軍人に対する報奨としては昇進が一番手っ取り早いが、現状では特務中尉から中尉にするのが精一杯だ。まさか指揮官としての教育を終えていない者を大尉以上に昇進させるわけにもいかんだろう？」

実際は中尉でも問題だが、そこはもう諦《あきら》めたらしい。

「ですな」

軍学校を卒業した生徒は一年で最低でも一階級昇進することが慣例となっている。

この慣例を考えた場合、もし学生の時点で大尉に昇進させてしまえば、啓太は卒業後一年で佐官になってしまうことになる。もちろん佐官教育を終えた後であれば何の問題もないのだが、その前はよろしくない。

これは軍の威信がどうこうではなく、部下を預かることになる啓太と、啓太に従うことになる部下たちの命に直結する問題なので、決して軽んじて良い話ではないのだ。

かと言って啓太だけ慣例を無視させるわけにはいかない。

なにかしらの失態があればその限りではないが、今のところ啓太には失点らしき失点はない。

そうである以上、啓太の昇進は決定事項だ。信賞必罰を明確にしてこそ正常な組織なのだから。

「昇進はさせられない。しかし功績に報いる必要がある。よって我々は、彼を中尉とすると同時に、正六位を叙位することにした」

「叙位、ですか？」

「そうだ。貴官ら軍閥の家はすでに叙位されているが、中尉はそうではないからな。いきなり正六位というのも珍しいことだが、歴史を紐解《ひもと》けば前例が皆無というわけではない。むしろ第二次大戦の最中などにはよくあったことだ。また極東ロシアが先に騎士爵を叙任したこともあるので、周囲からの反発もあるまい」

「確かにそうですが……」

一般市民、それも年端もいかぬ子供がいきなり正六位を叙位されるというのであれば、褒美としては十分だろう。

また日本の位階では五位以上が貴族とされるので、それに準じるという意味でも正六位は間違っているとは言えない。また緒方らのような軍閥の家は最低でも従五位以上の家柄なので、各師団からの異論も封殺できる。

啓太としても位階やら爵位に興味はないが、自分が偉くなれば妹の扱いも良くなるし、なにより貰《もら》える年金が増えるので断る理由はない。

誰にとっても悪くない褒美であった。

「また外交上の理由から、今後中尉は極東ロシア方面の案件に回されることになる可能性が極めて高い。当然なにもなければ第二師団に優先的に出向させるが、逆に言えばなにかがあれば北に行かねばならん。故にずっと九州方面に貼り付けるわけにはいかんのだ。理解したか？」

現実問題として、現在の日本が軍事的強国としての立場を保つためには、諸外国から資源を輸入する必要がある。

さらに極東ロシアは地理上の関係から大陸にいる魔物からの攻撃を分散する役割も果たしている

ため、日本としては色んな意味で軽視できる相手ではないのだ。

「……仕方ありませんな」

言われていることが全て正論であることに加え、事が外交にまで及んでしまえば、一軍閥の長であるものの、己を一人の軍人であると定義付けている緒方に返す言葉はない。

加えて『極東ロシアが絡まない限り、有事の際は第二師団を優先する』という言質を貰っているのもあり、緒方は啓太が第一師団の預かりとなることを承諾するしかなかった。

（これでよし。あとは久我のお嬢さんに任せましょうか。彼女ならうまくやれる……はず）

上層部ではそれぞれが納得した上で話がついた。とはいえ、現場は違う。突如として公にされたこの人事は多数の関係者に多大な衝撃を与えることになる。

◆◆◆

「何故だ！」

今回の人事が発表されたことで一番衝撃を受けたのは、啓太の配属を心待ちにしていた芝野雄平でもなければ、啓太と戦列を共にすることを願っていた佐藤泰明でもなかった。

では誰が彼ら以上の衝撃を受けたのか？

それはもちろん、担任というだけでいきなり超が付く問題児——啓太個人は何ら問題を起こしていないが、なにかあった際には超が付くほどに問題が大きくなることが確定している——を直属の部下にすることになった久我のお嬢さんこと、久我静香である。

「私がなにをしたというのだ……」

これからなにもなければいい。

だが間違いなく問題は起こる。

その確率は、炭酸飲料を一気飲みした際にゲップが出る確率に匹敵すると静香は確信していた。

「私にどうしろというのだ……」

まして相手は、意味のわからない挙動をする意味のわからない造型の機体を意味のわからない方法で操ることができる日本で唯一の機士であり、その武功を以て同盟国から騎士に叙任されると同時に、国内でも正六位を叙位されたという、現在進行形で日本の天皇陛下と極東ロシアの国家元首から高い評価を受けている新鋭だ。

間違っても一介の少佐が監督していい存在ではない。

「……統合本部は私に恨みでもあるのか？」

もちろんそんなものはない。ただの成り行きだ。

「うう。もうすでに胃が痛い……。誰か代わってくれ……」

当然その願いに応える者はいない。

貴族として生まれ、二八歳にして少佐となった俊英、久我静香。残念なことに彼女の苦難はまだ始まったばかりである。

幕間　魔族の視点から　二

人類の天敵である悪魔と魔族。

悪魔については人間とは全く違う生態なので調査は行われているものの理解はほぼ諦められているのに対し、魔族については直近の脅威として認識されているためかそこそこの情報が存在する。

情報源は人間に協力的な悪魔だったり、対象の悪魔と敵対している悪魔だったり、その下僕である魔族だったりするので信憑性《しんぴょうせい》は皆無に等しいが、それでも貴重な情報なので参考資料的な扱いとして認知されている。

それによれば魔族の総数はおよそ一〇〇〇体前後いるらしい。

彼ら彼女らは、明確に敵視していたり明確に仲間として認識したりしているわけではないらしいが、各々がそれなりに連絡を取り合っているらしい。

さらに彼ら彼女らは階級社会であり、その階級は最初に悪魔によって注がれた魔力の多寡——悪魔が『大体これくらいなら大丈夫だろ』と判断した量を注ぐらしい——によって決められるらしい。

また、この上下関係には彼ら彼女らを魔族にした悪魔の立場は関係していないらしい。

元が人間であることから、その階級も人間であったときの知識から応用されているらしい。

即ち、騎士・準男爵・男爵・子爵・伯爵・侯爵・公爵・王であるとされるらしい。

子爵以下を下級魔族、伯爵以上を上級魔族とし、子爵と伯爵の間には明確な上下関係が存在するらしい。

大陸にはおよそ二〇〇体の魔族がいるが、その中で上級とされるのは僅《わず》かに八体しかいないらしい。

◆◆◆

西暦二〇五六年九月末日。旧北京紫禁城。

「さて、言い訳を聞こうか？」

この日、数少ない上級魔族の一体にして侯爵の爵位を持つルフィナは、実質的にこの地区を治めている【王】に呼び出されていた。

彼女が呼び出された理由は明白である。

すなわち『やりすぎたこと』だ。

元々彼らが悪魔から与えられた命令は『余裕を持たせない程度に追い詰めること』であって、かの国の護国を司る精鋭部隊を半壊させることではない。

この命令に従っていたからこそ、彼ら魔族は適度な数の魔物を適度な頻度で送り、日本側に圧力を掛けていたのである。

それがどうだ。今回ルフィナが『これじゃ圧力にならない。前回も簡単に凌《しの》がれたことだし、とりあえず前回の倍を送ってみよう！』と倍以上の数を送り込んだことで、日本が誇る精鋭の第二師団がほぼ全滅し、その補佐として入っていた第六師団と第八師団も壊滅的なダメージを受けた。再建中だった第三師団に至ってはもう再建の目途すら立たない有様だ。

こうなってしまえば『誰がここまでしろと言った?』と叱責されるのも当然のことだろう。

もちろんルフィナとてそれは理解している。極東ロシアに現れた変態については真顔で突っ込む程度で済んだが、それとほぼ同時に齎《もたら》された日本の被害報告に対しては『なんでそうなるの?』と本気で首を傾げたあとに『あれ? これって不味くない?』と顔を青褪《ざ》めさせた程度には状況を理解していた。

しかし彼女には彼女の言い分がある。

「いや、だって。二倍の兵力を送り込んだくらいであんなに被害が出るなんて思わないじゃないですか」

臣下が王に語る態度ではないが、彼らの関係はあくまで同胞であって主従ではないので、この程度は問題という問題にはならない。王の気質によってはタメ口でも許されるだろう。

それでもルフィナが敬語を使う――かなり崩れているが、一応敬ってはいる――のは、今回は自分が悪いと理解している上に、彼我の力関係もしっかりと理解しているからだ。

彼女の話し方についてはさておき。問題はその内容である。

ルフィナからすればあれは正しく小手調べだったのだ。そのため、日本の被害状況によっては今月末にもさらに魔物を派遣する予定さえあったのである。それが、まさか、小手調べで壊滅するなんて想定できるはずもないではないか。

「それは貴様が不見識なだけだ」

「ぐっ」

『連中が弱すぎた。だから自分は悪くない』そう声高に語ろうとしたルフィナだったが、その言い訳は王の一言によって否定された。

「元々連中が弱いことなど理解していたはずだ。なるほど。大型の魔物一〇体を含む集団が全滅したのは事実かもしれん。そしてそれを見た貴様が『これでは圧力にならない』と考えるのも一応理解はできなくもない」

「なら！」

「だが甘い」

「……甘い？」

「想定が、な。はぁ。何故わからんのだ」

「え、えっと？」

予想外の出来事に向き合うことになった王は、今後のことを考えて頭を押さえながら溜息を吐《つ》いた。

ちなみに彼にとって『今後のこと』とは『これから日本とどう向き合うか』ということだ。

今までは口減らしと圧迫を兼ねて適度に魔物を送ってきたが、戦力が回復するまでは控える必要があるだろうことは明白。

だが日本の上層部とて馬鹿ではない。わざわざ戦力回復を待っている素振りを見せてしまえば、魔族側が本気で日本を滅ぼそうとしていないことに気付かれる可能性がある。

そうなれば自然と余裕が生まれるだろう。そこに兵を差し向けて絶望させるのは簡単だが、それをしてしまえば最後、彼我の戦力は拮抗《きっこう》しなくなる。

もちろん今でも拮抗しているわけではないが、重要なのは実際に拮抗しているか否かではなく『拮抗しているように見せることができているか否か』だ。

それさえできなくなってしまえば、もう適度な圧力もなにもない。ただ滅ぼすしかなくなってしまう。

王としては敵がいなくなるのだからそれでも構わないと考えているのだが、それをすれば悪魔からの指示に逆らうことになるし、なにより彼ら人類がより良い生活を求めるが故に行っている技術の革新や、農産物の品種を改良することによる恩恵は、魔族である彼らにも多大な影響を与えている。

特に食生活方面で。

少なくとも日本の影響を強く受けている東アジア周辺と、イギリスの影響を強く受けている西・北欧の食生活の差は、文字通り雲泥の差があると言っても過言ではない。

（それらの恩恵を捨てるなんてとんでもない）

そう考えているが故に、日本にはそれなりの緊張感と勢力を維持してもらいたいと考えていたところに齎されたのが今回の凶報だ。

戦力の回復にかかる時間は少なくとも五年と見込まれているとか。

（その間、どうすりゃいいんだ）

王は内心で頭を抱えていた。元々彼が【王】なのは、あくまで保持している魔力が多いからであって、カリスマがあったり事務処理能力に優れているからではない。

もちろん、力任せに敵を滅ぼして良いというのであれば話は簡単だ。

喜び勇んで滅ぼしに行くだけの話である。

だが『現状維持』や『適度に圧迫』というような調整が必要となると話は別。

なまじ力があるだけに自由に動くこともできず、さりとて他の魔族も脳筋ばかり。

一応自分が口にするものの品質に関わるからか、各々に割り当てられている領地《牧場》の経営は真面目にやっているが、言ってしまえばそれだけだ。

そういう意味では知的な突っ込みができるルフィナは貴重な存在だったが、元がただの少女だったためか常識に疎いところがある。というか、今回の件でそれが発覚してしまった。

（まぁ、元が小娘だから仕方ないと言えば仕方のない話なんだがな）

普通であれば殺していただろう。感情のままに八つ裂きにしたあと、その血肉を自分が治める牧場に住むニンゲンたちに『貴重なご馳走《ちそう》』として分配していただろう。

だが王にとって彼女は貴重な知識人枠である。

そのため（仕方ねぇ。今回は不問にしてやる）と思いつつ、今もなお彼の言いたいことを理解できていないルフィナに、彼女が失敗した原因を告げることにした。

「覚えておけ。敵の戦力が二倍になったとき、それに対処するために必要とされる労力は元の二倍ではない。二乗だ」

情報、時間、兵数、武器、弾薬、陣地、陣形、戦術、その他諸々。

一〇体の大型と一三〇体の中型を含む魔物の群れを処理するのに必要なものと、二〇体の大型と三〇〇体以上の中型を含む魔物の群れを処理するのに必要なものには、それだけ差があるのである。

「え？」

もちろん厳密には違う。とはいえ兵の数、装備、練度、士気、天候、地形、将の質など様々な要因は簡単に数値化できるものではないので、あくまで目安だ。

しかし目安とはいえ一つの基準であることに違いはない。

「それに鑑みて今回の件だが……ここまで言えば理解できるだろう？　貴様が派遣した兵に対して向こうが前回の二乗の労力を準備できなかった。それが今回日本の国防軍が大損害を出した原因だ」

「な、なるほど……」

これ以上ない明確な理由である。

「そもそも前回の件で被害が出なかったのは、連中が最大限出せる力を振り絞ったためという発想はなかったのか？」

「うっ……」

「どうなんだ？」

「あ、ありませんでした」

「はぁ。共生派などと嘯《うそぶ》いていても、連中が持っている情報などたかが知れている。軍とは議員にさえ情報を隠す連中だからな。そうでなくとも『余力なんて一切ありませんけど勝ちました』と一般人に知らせる軍などありえんだろうに」

「はい」

どれだけ無理をしても『勝ちました。もちろん余裕はあります』と喧伝《けんでん》するのが軍というものだ。事実、今回の第二次大攻勢迎撃作戦と呼称した作戦についても、軍は『多少の被害は出しましたが、それに倍する魔物を滅ぼしました』と、魔物の死骸《しがい》を前にして報告を行っている。

それが普通なのだ。もしこの報道を信じて『まだ余裕なんだ？』と今回の倍の兵を送り込んだらどうなるか？　間違いなく日本が亡《ほろ》ぶだろう。そうなってから『そんなつもりはなかった』などとほざいても、言い訳にさえなりはしない。

日本が滅んだあと、命令違反を犯した魔族たちは悪魔によって滅ぼされることになるだろう。

（そんなのは真っ平御免だ！）

王は駄目押しとばかりにルフィナの軽挙妄動を戒めることにした。

「前回の件は無理に無理を重ね、その上で短期決戦に持ち込んだからこそ一方的な戦果を上げられたのであって、少しでも天秤《てんびん》の針が傾けば連中も大被害を受けていた。そういうことだ。当然一か月後に倍の兵力を捌《さば》ける余力などない。違うか？」

「……その通りです」

ここまで言われてしまえば、ルフィナとて『単純に倍』などという戦力を差し向けた自分がどれだけ考えなしだったのかを理解できた。

何度も言うが、滅ぼすのであればそれでも良いのだ。

問題なのは、滅ぼすつもりもないくせに相手を追い詰めすぎたことだ。

ちなみに数年前にインパールまで攻め寄せた第三師団を滅ぼしたのは問題ない。

魔族からすれば、そこまでニンゲンに余裕を与えるつもりはないからだ。

なので現地の魔族が『突出してくるだけの余裕があるなら滅ぼしても構わんのだろう?』と嘯いて彼らを滅ぼしたときも、特に文句が出ることはなかった。

しかし今回は前提条件からしてまるで違う。なにせ今回の件で大損害を受けたのは、日本の国防を司る第二師団だったからだ。

「まず今後の九州方面への派兵が難しくなったな」

「うっ」

完全に余力がない状態なら、たとえ大型が数体しかいなくとも現地の軍勢は壊滅するだろう。そうなったら日本に対する戦略は完全にご破算だ。ただ、これに関してはまだ救いがある。

「これから冬がくるからな。そのため冬篭《ふゆご》もりの準備をしていると誤認させれば、少なくとも半年は稼げるだろうよ」

敵のために時間を稼ぐというのもアレな話だが、王は至って真面目である。

「問題は、もしかしたら大規模な再編成を行うために、ベトナムやタイ方面に展開している遠征軍が引き上げる可能性があることだ」

「ううっ」

「遠征軍が引き上げたらどうする？　無視するのは不自然だ。だが侵攻したところで得られるものがない。正直あそこら辺はもう少しインフラを整備してもらわないと不便でしょうがないからな。それともあそこを貴様の担当にしてやろうか？」

「か、勘弁してください……」

名前からわかるように、ルフィナはロシア系の出身である。そのため『暖かい』ところに憧《あこが》れはあるものの『暑い』ところに常駐することに対しては忌避感が強かった。

「嫌だというなら働いてもらう。まずは今回の失策を挽回《ばんかい》できるような案を出せ。もちろん実行する前に概要を説明してもらうぞ」

（これだけ脅せば少なくとも同じミスはしないだろうよ。あとは……そうだな。後始末もこいつに考えさせよう。元々こいつのせいだしな。文句はあるまい）

「は、はい」

（やばい！　本気で考えないとやばい！）

面倒ごとを丸投げした王と、王の言葉に頷《うなず》くことしかできないルフィナの図であった。

――こうして、期せずして日本を追い込んでしまった策士ルフィナは、日本を存続させるための策を練ることになる。このことが日本や魔族たちになにを齎《もたら》すのか。現時点でそれを知る者はいない。

書き下ろし番外編　式典にて

一

「おぉ」

「どうした、急に？」

「いや、豪華絢爛《けんらん》、というよりは質実剛健って感じだなぁと思いまして」

領主から招待されて訪れたナ・アムーレの城に一歩足を踏み入れた啓太は、その内装を一目見ただけでこの城が『煌びやかな世界に生きるお貴族様が住む住居』ではなく『お偉いさんが拠点とするにふさわしい品性と利便性を両立させた城砦《じょうさい》』である、と認識を改めていた。

「そりゃまぁ、ここは最前線を支える重要拠点だからな。豪華に飾る金や時間があるなら軍備やインフラに回すに決まってんだろ」

「ですよねぇ」

海という壁がある日本と違い、極東ロシアは国土全体が、いつ魔物の襲撃を受けるかわからない危険地帯と言っても過言ではない。

畢竟《ひっきょう》、そこに暮らす人々の意識の大半は、生存競争に負けぬことに向けられる。まして、人間は勢力として一枚岩ではない。

徹底抗戦を望む魔族が大半を占めるとはいえ、中には魔族と交渉し共に生きようとする共生派や、魔族に降伏して安寧を得ようとする恭順派といった勢力が存在しているのだ。

このような状況下にあって、支配者層にある者が軍備を軽んずるような行動を取ったらどうなるか？　など火を見るより明らかであろう。

よってこの世界に於《お》いて貴族とは、最低限の体裁を保つ程度には着飾るものの、決してそれに溺《おぼ》れぬよう自制することができる者たちのことを指す。

そんな矜持《きょうじ》を掲げる貴族が戦勝パーティーと銘打って行うそれが、彩り豊かな――悪く言えば無駄に装飾を凝らした――お城で、腑《ふ》抜けた演説やらダンスを行うようなものであろうはずがない。

もちろん、啓太が最初に考えていたような社交を主目的とした催しも存在するが、そういった類のものには『戦勝』などという枕詞は付かない。

「これなら確かに大丈夫っぽい、かも」

こうなると、啓太が抱いていたもう一つの懸念も自ずと消滅するわけで。

「……お前さん。まだあんなこと心配してたのかよ」

「そりゃそうでしょ。こちとら一般家庭出身の一般市民ですよ？　金も権力も軍事力も持っているお貴族様を警戒するのは当然じゃないですか？」

「わからねぇでもねぇけどよ。言っただろう？　今回に限ってはお前さんの考えすぎだって」

「そうみたいですねぇ」

これまで貴族という人種と接したことのない啓太からすれば、彼らは文字通り雲の上の存在であった。

故に啓太は、彼らがどんな思想を抱いているか、はたまた、どんな思考で物事を判断するのかを知らない。

知らないからこそ啓太は警戒し、そして考えた。

今回の活躍を考えればナ・アムーレを治めている人物は大丈夫だろうが、もし招待客の中に物語に出てくるような、貴族らしい行動を取る貴族が出てきたらどうするべきか。

正面から立ち向かうべきか、それともこの場はなにをされても我慢してあとから抗議するべきか。

同盟国の軍人としての立場を出すべきか、隆文の護衛として動くべきか。

絡まれた際、隆文はどこまで頼れるのか。どう転んでも問題になりそうな場合はどうしたらいいのか。

そして、殺されそうになった場合、反撃してもいいのか、否か。

『妹様が独り立ちするまで死なない』という目標を掲げているが故に、こんなところで死ぬつもりはない啓太は、最悪の状況になったら機体を纏《まと》ってここから逃げ出すことを考慮していたくらい貴族という存在を警戒していたのである。

「ま、呼ばれたからってホイホイと応じて、距離感やらなにやらを無視して権力者に取り入ろうとすると失敗するからな。そういう意味じゃあ、未だに警戒を解かないお前さんは間違っていない。

その気持ちは大事にしろよ」

苦笑いしながら啓太の杞憂《きゆう》を一部肯定する隆文。

彼は啓太がそこまでの覚悟をキメていたとは知らなかった。

しかしながら啓太以上に権力の怖さを知っている隆文は『貴族からの呼び出しで登城する』という、人生で一度遭遇するかどうかわからない希少なイベントを前にして、年相応に浮かれるよりも、警戒を示した啓太の態度を好ましく思っていた。

だからこそ、一向に警戒心を緩めない啓太に対し態度を改めるよう指摘することはなかったのだが、それもここまで。

「いいか、権力者を相手に警戒心を抱くのは間違っちゃいない。間違っちゃいないが、それを表に出すな。普通に失礼だからな」

理不尽ないちゃもんを付けてくる貴族はいなくとも、問題というものは発生する。

しかもこの場合は、啓太が悪者になってしまうタイプの問題だ。

「……了解です」

なにをするにしても、時と場所と場合に見合った態度というものがある。

今回の件で言えば、啓太と隆文は同盟国の貴族が催した戦勝パーティーにゲストとして招かれている身となる。

では、もしその招かれたゲストが、パーティー会場にてホストである伯爵を警戒している様子を隠しもしていなかったら、パーティーに参加した人たちはどう思うだろうか。

満足に感情を隠せないゲストの無作法を嗤《わら》う？

それはある。だがそれくらいならまだいい。

それは、どこまで行っても啓太と隆文という個人の話に過ぎず、極論無作法を噛われた啓太と隆文が我慢すればそれで済む話なのだから。

考慮するべきは、個人では済まない問題に発展した場合。

具体的には、参列者から『国防軍に於いて正式に少尉に任官されている少年が、自分をパーティーに招いた同盟国の貴族の顔を潰《つぶ》した』と思われた場合となる。

もちろん、両国間の力関係や今回啓太が成したことを考慮すれば、この程度のことで両国間が争うような国際問題に発展するようなことはないだろう。だが、確実に外交的な失点となる。

本来国家間の外交の場とは、直接的な武力を交えないものの、その結果如何で国家の行く末が決まる戦場と言っても過言ではない世界である。

そんな世界にあって――さらに魔族に追い詰められているが故に――前世以上にシビアな感覚を備える政治家たちが、突如として生まれた失点を活用しないはずがない。

結果として日本は、極東ロシアに対して何らかの譲歩を迫られることになるはずだ。

その責任は誰が追うことになる?

同席する大人として啓太を諫めきれなかった隆文か?

それはない。

何故なら隆文にとって啓太は、あくまで軍から出向してきたテストパイロット兼護衛でしかないからだ。

故に、啓太の上司でもなければ保護者でもない隆文に、啓太の行動の責任を取らせることはできない。

　では戦闘経過から数日経った今となっても、啓太と隆文が戦勝パーティーに呼ばれたこと、否、今回ナ・アムーレ近郊で引き起こされた一連の戦闘のことすら掴《つか》めていない外交大使が責を負うのか？

　それは、少しある。

　そもそも外交大使とは、対象となる国との友好関係を築くことを目的として派遣されるものであると同時に、派遣先でしか知り得ない情報を本国へ送る、いわゆるスパイとしての役割も持たされている存在だ。

　その職責に鑑みれば、確かに外交大使は今回、その存在意義を疑われてもしょうがないくらいの失態を犯している。

　他国に知られる前に国内の混乱を収めた極東ロシア側の行動が早かった、なんてのは言い訳にもならない。それを探るのが彼らに与えられた仕事なのだから。

　やるべき仕事ができなかった彼らには、今回のパーティーでなにも問題が発生しなくとも、一か月以内には何らかの処分が下されることだろう。

　だが、外交大使の無能とパーティーでの無作法は別問題。

　よって同盟相手からの心証を悪くした元凶は誰になるかといえば、やはり『パーティーの場でホストの顔を潰さない』という、外交的常識とも言える行動を取れなかった人物、すなわち啓太の名が挙がることになる。

招待された客が、招待してくれたホストの顔を潰してはいけない。

当たり前の話だ。

もちろん軍は啓太を外交官として派遣したわけではないし、そもそも外交的な教育を受けていない啓太に外交の成果など求めていないのだから、突発的に発生したイベントで当たり前のことができずにミスをしたからと言って、啓太を責め立てることはないし、できない。

むしろ、他国の権力者を前にしても警戒を怠らなかったことを『軍人として正しい姿だ』と褒める者もいるかもしれない。

だがしかし、啓太が軍人としては正しくとも、ゲストとして間違った行動を取ってしまうことになるのもまた事実。

よってこのパーティーで啓太が何らかのミスを犯した場合、啓太の評価は間違いなく下落する。

（クラスメイトの様子から見て急激に評価が上がった感は否めないからな。出る杭《くい》は打たれるとも言うし、〝熱を冷ます〟という意味ではここで評価を落とすのも悪くない。だけど、上層部から『当たり前の行動が取れない人間』と思われるのは困る）

軍という組織に於いて『当たり前のことができない』という評価は、冗談抜きで致命的な評価だ。能力ではなく性格的な面で不適合とされたら、将来の出世に関わるどころの騒ぎではない。

（そんな評価を下されたが最後、友軍に迷惑をかける前に除隊させられた挙句、軍事機密を外に漏らさぬよう軟禁に近い状況に追い込まれるか、軍属のまま最前線で使い潰されることになる可能性が高い）

事実、日本には多少戦場で活躍しただけの啓太を警戒し、国外に送り込んだ連中がいるのだ。

そういった連中からすれば、この場での失態はいい餌となるだろう。

打たれないために評価を下げたのに、それが理由で死ぬのは本末転倒というものだろう。

(なにが悲しくて上層部の都合で海外まで出向させられた挙句、些細《ささい》なミスを指摘されて軟禁されたり戦奴隷にならなくてはならんのかって話だ。まぁ、俺とてそれなりの人生経験はある。完全に警戒心をなくすことはできないだろうが、外交上失礼にならない程度に抑えることはできる、はず)

「はぁ」

「警戒心を見せないのもそうだが、溜息も抑えろよ」

「……前向きに検討させていただきます」

「不安しかねぇ」

そもそも、なぜ一般市民に過ぎない啓太と、一介の商人に過ぎないはずの隆文がナ・アムーレを治める伯爵の居城に参上することになったのか。

それは昨日、即ち啓太らがナ・アムーレに入ってから二日経った日のことであった。

◆◆◆

「戦勝パーティー、ですか?」

「あぁ。明日やるんだと。で、俺らにも是非参加してくれって連絡が来た」

「辞退、できませんか?」

「無理だな。俺の商売もあるが、なにより招待してくれた伯爵の顔を潰すことになる。普通に外交問題だぞ」

「そうっすか。それなら最上さんが代表で行けば……」

「諦《あきら》めろ、お前さんも呼ばれている、名指しでな」

「俺、ただの護衛なんですけど」

「対外的にはそうだな。だが実際は、戦場で大活躍した英雄だ」

「いや、それは……」

「装備のおかげってか? それは確かにあるだろうさ。ウチの製品は最高で最強だからな。だが使い手であるお前さんに功績がないわけじゃねぇ。それに今回のこれは、戦勝パーティーと銘打ってはいるものの、実際のところはアムールスクで死んだ兵士や民衆の慰霊、つまりは葬儀に近い代物だ。参加を断るなんて無礼はできん」

「葬儀、ですか。それは確かに辞退できませんね」

一般的に領主貴族から呼び出しを受けることはこの上ない名誉なことなのだが、前世の記憶が影響してか『貴族』という存在に良い感情を抱いていなかった啓太は、権力者から妙な無茶振りをされたり面倒な嫌がらせを受けることを警戒し呼び出しに応じない——もしくは呼び出される前に帰国する——ことを考えていた。

だが、行われるパーティーの内容が葬儀であると言われては、少なからず彼らの生死に関与したという自覚がある啓太の脳裏から、断るという選択肢は消えてしまったのであった。

◆◆◆

断れない以上、参加するしかない。

しかし、覚悟を決めるにしても、如何せん時間が足りなかった。

考えてもみて欲しい、前日にいきなり同盟国の貴族に呼ばれて「よし、頑張るぞ！」と前向きになれる一般市民階級出身の子供がどれだけいるだろうか。

普通は緊張やら何やらで滅入るだろう。

それが今の啓太である。

「……魔物よりも人間が怖い」

「それ、会場では絶対に言うなよ。いいな、絶対だぞ。振りじゃねぇからな！」

「……前向きに検討させていただきます」

「不安しかねぇ」

パーティーが始まる前から憔悴《しょうすい》し、自信なさ気に溜息《ためいき》を吐くその姿を見て、この少年が僅《わず》か数日前に、一〇〇〇体に近い魔物が蔓延《はびこ》る地に単身で突っ込んで無双していた『ＨＥＮＴＡＩ』だと気付く人間が何人いるだろうか。

事実、覇気の欠片もない少年とその隣に立つ中年を見て、己の目を疑った貴族がいたとかいなかったとか。

ただまぁ、ホスト役の貴族や招待客が内心でどう思っていようと時間は進むわけで。

『主よ、なんじの眠りし僕の幸いなる眠りに永遠の安息を与え、彼らに永遠の記憶をなしたまえ』

一般には名誉なこと。しかしながら啓太にとって間違いなく受難を具現化したような催しが幕を開けたのは、彼らが会場に足を踏み入れてから僅か三〇分後のことであった。

二

『主よ、なんじの眠りし僕の幸いなる眠りに永遠の安息を与え、彼らに永遠の記憶をなしたまえ』

戦勝パーティーと銘打たれていたものの、その実、戦死者の埋葬式を主目的とした式典は、少し前まで「もしかしたら現地の貴族からいちゃもんを付けられるのでは？」と考えていた俺を嘲笑うかのように、終始厳かな空気を保ったまま終わった。

まぁ、古今東西問わず葬式なんてものは基本的に厳かに行われるモノなので、この結果も当然といえば当然のことだろう。

事前の予想を外した形になるが、もちろん悔しさとかは感じない。

むしろ「失礼なことを考えてすみませんでした」と謝罪したいくらいだ。

……しないけど。

「それで、このまま帰るんですか？」

式典へ参加したことで最低限の義理は果たした。

ならばあとは帰るだけ。

というか、ボロを出す前に帰りたい。

そんな気持ちを込めて確認してみるも、現実は非情である。

「まさか。本番はこれからだぞ」

そう嘯《うそぶ》く最上さんの目からは、式典に参列していたときとは比べ物にならないくらい獰猛《どうもう》な気配が感じられた。

事実、商人としてこの場に立つ彼にとっては、これから行われる社交という名の商談が本番なのだ。

当然、本番を迎える前に帰るという選択肢はない。

そして最上さんが帰らないというのであれば、俺がこの場を離れるわけにもいかないわけで。

「はぁ」

溜息《ためいき》が止まらない。

ちなみに現在のところ、獲物を前にした肉食動物のような気配を漂わせているのは最上さんだけではない。

招待客として式典に参加していた連中のほとんどが、最上さんと同じ――むしろ最上さんよりも尖《とが》った――気配を纏《まと》い始めている。

何とも物騒なことだが、それもむべなるかな。

そもそも今回の式典には、一連の戦闘に関わっていない近隣の貴族や軍人、さらには企業関係者も多数招待されている。

彼らは戦死者を弔うためだけに、この場に集まったわけではない。

主催者である伯爵が用意した餌、具体的には現地でしか得られない情報や知識、さらには大量に発生した魔物由来の素材という資源を目当てにこの場に集まった者たちだ。

知識や情報もそうだが、なによりも魔物由来の素材は極めて貴重で、有限な資源である。

これからその分配量を巡る戦いが始まるとなれば、参加者に気を抜く余裕などあろうはずもない。

もしこの状況下にあって気を抜くことができる者がいるとすれば……それは取引そのものに一切興味関心を抱いていない者か、伯爵と事前に交渉を行い、すでに一定以上の取り分を得られることが確定している者くらいだろう。

ちなみに、すでに伯爵との交渉を終えて一定数の素材確保に成功している最上さんがギラついているのは、素材を得るためではなく、極東ロシアの面々に新型の強化外骨格をアピールしようとしているためである。

変態技術者の印象が強すぎて忘れがちになるが、最上さんは数百人単位の従業員を抱える経営者なのだ。

よって、会社の経営状況に直結する商機を前にしたら本気に成らざるを得ないのだ。

……商談を成功させないと本気でヤバいらしいからな。

経営状況がどうこう以前に、奥さんや娘さんからの扱いが。

最上さんの家庭の事情はさておくとして。

つまるところ、これから始まるのは社交がどうこう言われる式典ではなく、貴族や商人たちが利益を求めて争う商談という名の戦争なわけだ。

「商談なら俺は関係ないな」

戦場で多少活躍したとはいえ、それは全て最上重工業で造られた装備あってのものだし、一軍人でしかないため素材の配分や装備に関して何の権限も持っていない、言葉を飾らずに言えば、今の俺は関わっても何の得もない子供なのだ。

そんな子供に対し、目の前に置かれた餌を無視してまで関わろうとする物好きなヤツはいないだろう。

そう思っていた時期が俺にもありました……。

「やぁ。君が噂の英雄殿だね？　少し話をしたいんだけど、いいかな？」

「……かしこまりました」

正直嫌だよ？　嫌だけどさ。

明らかに偉そうな感じのお貴族様から話しかけられて、無視できるわけねぇよなぁ？

三

「……ふぅ」

ナ・アムーレ一帯を治めるアムールスキー伯爵家の現当主にして、今回行われた式典の主催者であるヴァレリーは、自室に戻ると同時に飾り立てられた軍服の襟を緩めてソファーに座り込み、全身に纏《まと》わりついている〝だるさ〟を体外に排出するため大きな溜息を吐《つ》いた。

「……疲れた」

端的に言って、ヴァレリーは疲れていた。

ここ数日のことを思えば無理もないだろう。

まず、娘が査察に赴いた地が魔物の大群に襲撃されたという報告を受けたのが、今から三日前のこと。

それから娘の安否を気に掛けつつ救援に向かうために軍勢と情報を集め、半日後には現地に赴いて戦闘の指揮を執り、戦闘が終わったのを確認した後は、被害状況の確認を始めとした戦後処理を行い、戻ってきたかと思えば慰霊式典を開催し、式典が終わってから今まで貴族やら商人たちと商談を行っていたのだ。

これだけ働いて疲れない人間がいたら、それはもう人間ではない。

そういった事情もあり、仕事に一区切りついたと感じたヴァレリーが疲れ切った様子を見せるのも仕方のないことなのだ。

だが、ここにはそんなヴァレリーの事情を一切考慮しない男がいた。

「おいおい、大貴族である君が他人の前でそんな疲れた表情を見せるものではないぞ？」

（この野郎……）

部屋で待っていた人間からの指摘に、思わずキレそうになるヴァレリー。

だが彼は耐えた。憮然《ぶぜん》とした表情をしたものの、それだけだ。

ヴァレリーがキレなかったのは、指摘されたことが正論だったこともそうだが、なにより指摘をしてきた相手の立場がヴァレリーに激発することを赦さなかったからである。

伯爵であるヴァレリーの私室に居座り、疲れ切っている彼に遠慮や容赦が一切ない指摘をしても許される人物など、この国には一人しかいない。

男の名は、ディミトリ＝ロバノフ。

ヴァレリーと同い年の従兄弟にして、極東ロシア大公国の国家元首である。

◆◆◆

実のところディミトリは今回、参列者にばれないよう変装をした上でヴァレリーのボディーガードとして式典に参加していた。

これは別に悪戯心が働いたとかという話ではなく、純粋に従兄弟であるヴァレリーに気を遣ったからだ。

というのも、もし国家元首であるディミトリが式典に参列するとなれば、式典はそれにふさわしい格式を備えたモノにしなくてはならなくなる。しかし、戦闘が終わったばかりのナ・アムーレにその準備を整えているだけの余裕はなかった。

大公として参加することで現地に負担をかけるのはディミトリとしても本意ではない。

かと言って、国が護り切れなかった民や、国を護るために散っていった勇士を弔わないという選択肢はない。故に、ディミトリは立場を隠して式典に参加したのである。

尤《もつと》も、ディミトリの中に「ホストになったら面倒だ」という気持ちが微塵《みじん》もなかったというわけでもないのだが。

「気の知れた相手を前に溜息を吐《つ》くくらいは赦して欲しいものですな」

そんな彼の気持ちを知ってか知らずか、ヴァレリーが憮然とした表情のままそう告げれば、ディミトリもまた「ま、気持ちは痛いほどわかるがね」と苦笑いをしながらそれを受け入れた。

確かに戦勝パーティーと銘打たれて行われた慰霊式典は滞りなく終わった。

その後の商談も、滞りなく終わっている。

あとは部下に任せれば上手くやるだろう。

これによってヴァレリーは、領主貴族として最低限の仕事は果たしたことになる。

そう。〝最低限〟だ。

すべての問題が片付いたわけではない。

むしろ為政者の仕事はこれからと言える。

「詳細な被害状況の確認、再建計画の立案と実施、軍備の再編、国への報告と支援の申請、その他諸々。考えるだけで頭が痛い」

「君が疲れているのはわかる。だが申請はできるだけ早くしてくれよ。こっちにも準備が必要だからね」

「……急ぎましょう」

極東ロシアの冬は早い。今が九月なので、あと二か月もすれば冬が到来するだろう。

本格的な冬が到来すれば物資の輸送すら覚束なくなるし、物資が不足すれば助けられる民衆も助けられなくなってしまう。

極東ロシアに於《お》いて貴族とは、統治者であり、戦う者であり、護る者である。

よって『魔物の襲来から救ったがその後に訪れた飢餓や貧困からは護れなかった』なんてことになったら、彼ら貴族が存在する意味が消失してしまう。

そうならないようにするためにも、ヴァレリーには一刻も早く復旧作業を行うことが求められているのである。

ディミトリがナ・アムーレに来たのも、国家として少しでも早く復興支援を行える体制を築くべく、現地の責任者であるヴァレリーから直接話を聞くためであった。

だから、そう。あくまで偶然だったのだ。

式典の会場で、同盟国の軍服を身に纏《まと》った少年を見かけたのは。

商談にかかわらないからか、何とも微妙な表情をしたまま突っ立っていた少年に声を掛けたのは。

そうして、声を掛けた少年が、現地で噂になりつつあった『HENTAIする英雄』その人だったのは。

本当の本当に、ただの偶然だったのだ。

「で、彼と直接接してみて、どう思いましたか？」

「……第一印象は『信じられない』だったな」

ディミトリから見て、声を掛けた少年、つまり啓太はただの子供であった。

もちろん多少は鍛えているのはわかったが、そんなのは軍人ならば当たり前のこと。

特に評価するようなことではない。

では他の部分はどうだったかというと、一言で言えば『頼りない』としか思えなかった。

多少猫背になっていたとか、目に光がなかったというのもあるが、一番の問題は強者であれば自然と発する覇気を感じなかったことだ。緊張していたのかもしれないが、それにしたって限度がある。

結局『どう贔屓目《ひいきめ》に見ても、戦場で活躍した英雄とは思えない』というのが、ディミトリが啓太に抱いた印象であった。

「閣下の気持ちはわかります。私とて実際に現地で見ていなければ、今日式典に参加していた彼を戦場で縦横無尽の活躍をした英雄と同一人物とは思えなかったでしょうな」

「まぁ、な」

ぼーっと突っ立っていた啓太を思い出し、微妙な表情を浮かべる二人。

もちろんディミトリとて、戦場での英雄が平時も血に飢えているバーサーカーであって欲しいとは思っていない。

だが、何というか、こう、あるのだ。

英雄と讃《たた》えられる人間に『こうあって欲しい』という理想が。

雄々しさとか猛々しさとか、そういうのが。

啓太はそれらを一切感じさせなかった。

それこそ、英雄を目当てに来ていた貴族や商人たちからすら認識されない程度には普通だった。

だが……。

「少し話した後、閣下は彼を激賞しました」

「うむ」

「騎士に叙任する、というのは本気でしょうか？」

「無論だ。ハバロフスクに戻ったらすぐにでも手配する」

「娘との婚姻も？」

「彼が望めば、な」

「……随分と買われましたな」

「あれだけの器量を見せられては、な」

『人間の評価は八割が第一印象で決まる』という言葉があるように、第一印象とは極めて大事なものだ。

しかしながらそれは、言い換えれば残りの二割は第一印象以外、つまり接触してから決まるということでもある。

そうして接触してみれば、啓太は実にディミトリ好みの若者であった。

「まず、私を前に一歩も退かなかったのがいい」

正体を隠しているとはいえ、ディミトリが身に纏う覇気は並ではない。そんな覇気を纏う相手を前に気圧されることなく、自然体で接することができる若者がどれだけいることか。

その胆力だけでも評価に値した。

「次いで、私からの勧誘を断ったのも悪くない」

「あれは閣下が正体を隠していたからでは？」

「いや、それはない」

言外に『国家元首として直々に勧誘していれば心を動かされていたのではないか？』と告げたヴァレリーに、ディミトリは苦笑いを浮かべながら頭を振る。

「私が大公だとはわかっていなかったにしても、高位の貴族であることは予想できていたはずだ。その高位貴族からの勧誘に対し『お言葉はありがたく。ですが我が忠義はすでに天皇陛下その人に捧《ささ》げております故、その御誘いはお断りさせていただきます』ときっぱりと断った挙句、『そもそも閣下は、初対面の人間に口説かれて鞍替《くらが》えするような人間を信用できますか？　少なくとも自分はそんな人間は信用しませんが』などと切り返す人間がどれだけいる？」

つまりは『自国の皇以外に仕えない』と宣言しつつ『勧誘に乗っても信用されないだろう？』と指摘したのだ。あそこまでキッパリ断られた以上、ディミトリが正体を明かしたとても、勧誘が成功する可能性はないと断言できる。

「それは、まぁ、そうですな」

忠義と信用。その二つを前に出されてしまえばディミトリも納得するしかない。

「内に秘めたる意志は見事の一言。戦場での働きは今更語るまでもない。文武が揃《そろ》った英傑ならば、引き入れることはできずとも友好的な関係を築くべき。そうではないか？　別に損をするわけでもないからな」

「確かに」

騎士爵など、極東ロシアに移住しない限りは何の意味もない名誉職。

与えたところで痛くも痒《かゆ》くもない。

「さらに言えば、日本で何らかの問題が発生した際、我が国が彼の逃げ場所となる可能性もある。そうなれば、騎士の位は名誉以外にも意味を持つことになるだろう」

「なるほど……」

「差し当たっては外交だな。新たな人員を派遣すると共に、今後日本と何らかの取引をする際は彼を窓口にしてもらうよう要請してみるか」

「認められるとは思えませんし、なにより現在窓口となっている者の面目が潰《つぶ》れますが？」

「構わん。それで逆恨みした連中が暴走したとして、我々に何の損がある？　むしろそれで迷惑を被った彼が自国を見限ってくれれば最良ではないか」

「それはそれは。確かにそうですな」

「時期によってはお前の娘を使わせてもらう。とりあえず、そうだな。婚約は二年ほど待て」

「かしこまりました」

目の前に現れた大魚をみすみす逃がすほどディミトリは甘くないし、娘と結婚させることで英雄が身内となるのであればヴァレリーとしても文句はない。

あまりにも明け透けにやれば日本から文句を言われるかもしれないが、それもやりよう次第で何とでもなる。

そもそも同盟国の利益よりも自国の利益を優先するのは当然のことではないか。

文句を言われたならば、胸を張って『英雄を得るために画策してなにが悪い！』と切り返そう。

「さぁ、見せてもらおう。同盟国が英雄殿をどう扱うかを、な」

――極東ロシアの地に於いて、国家元首自らが画策する英雄を巡る謀略が生まれた瞬間であった。

ちなみにこのとき、謀略の対象となった英雄様がなにをしていたかというと。

「極東ロシアのお土産って、なんだ？　木彫りの人形とかは……駄目だよな」

などと宣いつつ、戦闘時よりも真剣な表情でお土産を選んでいたとかいなかったとか。

国内どころか国外まで英雄としての名を広めつつある少年、川上啓太。

己の行いが原因で己が望む安穏とした生活がすさまじい速さで遠ざかっていたことを、彼はまだ自覚していなかった。

あとがき

初めましての方は初めまして。そうでない方はお久しぶりでございます。

最近になって「そろそろ小説家としての名刺を作ってもいいんでないかなぁ？」なんて思っているしがない小説家の仏ょもと申します。

此度は拙作「極東救世主伝説」の第二巻をお手に取っていただき、誠にありがとうございます。

一巻が出てから半年以上経過してしまいましたが、皆様、前巻の内容はまだ覚えていますか？

もしかして忘れていませんか？　読み返さなくて大丈夫ですか？　なんならもう一冊どうですか？

実は、近いうちに一巻の海外翻訳版が出るそうなのですが、そっちも買ってみませんか？　今ならなにかしらの特典が付いてくるかもしれませんよ？（確実に付いてくるとは言っていない）

……そんな販促じみた冗談はさておき、第二巻となります今巻の内容について簡単にお話しさせていただきます。

前巻は、主人公である啓太が軍学校に入学してから夏休みまでの間、つまり約四～五か月という期間に起こった出来事について描写していました。

この時点で相当短い期間なのですが、なんと今巻は前巻以上に短い期間、具体的には、夏休み明けから一〇月頭までという、約一か月の間に起こった出来事を描写させていただいております。たった一か月程度で何が起こる？　などと言うなかれ。

啓太君が生きる世界は非常に非情であり、魔物や魔族はもちろんのこと、人間同士でさえ信用できないという、極めて過酷な世界なので、普通に問題ごとが発生します。

前回はそれらの問題を主人公ならではの力技で解決しましたが、さしもの啓太君とはいえ体は一つしかないわけで。

今巻では、とある策謀に巻き込まれて北の大地に向かうこととなった啓太君や最上重工業の皆さんと、彼らが居るものだと思って防衛作戦を組み立てていた国防軍の皆様方が、どのような問題にぶち当たり、どのように対処し、どのような結果を生み出すのか。

それらをお楽しみいただければ幸いです。

これに加えて、今巻では前巻以上に同級生の皆さんが、それぞれの思惑から様々な動きを見せております。

各々の事情があって腹に一物以上のアレコレを抱えているし、そのせいで多少物騒なところはありますが、彼ら彼女らはまだまだ子供。

同級生の皆さんと積極的に関わることで、啓太君も実年齢相応の学校生活を送ることができるでしょう。多分、きっと、恐らく、めいびー。

詳細につきましては、読者様ご自身の目でご確認をしていただければ幸いです。

話を変えまして、今巻でも、拙作を手に取っていただける程訓練された読者の皆様方が最も期待していたであろうモノ、即ち黒銀様の手によって描かれた数々のイラストはしっかりと健在でございます。

強化外骨格の黒天、前巻では表に出なかった草薙《くさなぎ》型はもちろんのこと、それを操る機士たちが着ているパイロットスーツなど、文字だけでは伝えきれない部分まで描かれておりますので、皆様是非穴が開くほどご覧ください。

最後になりますが、前巻に引き続き第二巻の出版を決意してくださったカドカワBOOKS様。イラストを担当していただきました黒銀様。忙しい中作業をしてくださった編集様。そしてWEBで応援してくださった読者様と、こうして拙作をお手に取って下さった読者様。その他、関係者の方々に心より感謝申し上げつつ作者からのご挨拶《あいさつ》とさせていただきます。

仏ょも

お便りはこちらまで

〒102－8177
カドカワBOOKS編集部　気付
仏ょも（様）宛
黒銀（様）宛

カドカワBOOKS

極東救世主伝説《きょくとうきゅうせいしゅでんせつ》 2
少年《しょうねん》、北《きた》の地《ち》を駆《か》ける。 —極東《きょくとう》ロシア救出編《きゅうしゅつへん》—

2024年12月10日　初版発行
2025年 2 月20日　再版発行

著者／仏《ほとけ》ょも

発行者／山下直久

発行／株式会社KADOKAWA

〒102-8177
東京都千代田区富士見2-13-3
電話／0570-002-301（ナビダイヤル）

編集／カドカワBOOKS編集部

印刷所／暁印刷

製本所／本間製本

Printed in Japan
ISBN 978-4-04-075691-2 C0093

新文芸宣言

かつて「知」と「美」は特権階級の所有物でした。

15世紀、グーテンベルクが発明した活版印刷技術は、特権階級から「知」と「美」を解放し、ルネサンスや宗教改革を導きました。市民革命や産業革命も、大衆に「知」と「美」が広まらなければ起こりえませんでした。人間は、本を読むことにより、自由と平等を獲得していったのです。

21世紀、インターネット技術により、第二の「知」と「美」の解放が起こりました。一部の選ばれた才能を持つ者だけが文章や絵、映像を発表できる時代は終わり、誰もがネット上で自己表現を出来る時代がやってきました。

UGC（ユーザージェネレイテッドコンテンツ）の波は、今世界を席巻しています。UGCから生まれた小説は、一般大衆からの批評を取り込みながら内容を充実させて行きます。受け手と送り手の情報の交換によって、UGCは量的な評価を獲得し、爆発的にその数を増やしているのです。

こうしたUGCから生まれた小説群を、私たちは「新文芸」と名付けました。

新文芸は、インターネットによる新しい「知」と「美」の形です。

2015年10月10日
井上伸一郎

日本でチートな
魔法ありライフ
×
異世界ほのぼの
スローライフ

水魔法ぐらいしか取り柄がないけど現代知識があれば充分だよね？

著 mono-zo　画 桶乃かもく

スラムの路上で生きる5歳の孤児フリムはある日、日本人だった前世を思い出した。今いる世界は暴力と理不尽だらけで、味方もゼロ。あるのは「水が出せる魔法」と「現代知識」だけ。せめて屋根のあるお家ぐらいは欲しかったなぁ……。

しかし、この世界にはないアイデアで職場環境を改善したり、高圧水流や除菌・消臭効果のあるオゾンを出して貴族のお屋敷をピカピカに磨いたり、さらには不可能なはずの爆発魔法まで使えて、フリムは次第に注目される存在に――!?

カドカワBOOKS

最底辺スタートな
転生幼女、
万能の「水魔法」で
成り上がる!?

※「小説家になろう」は株式会社ヒナプロジェクトの登録商標です。
「小説家になろう」で
7000万PV突破の人気作！
前世リーマンのフリーダム問題児、
エリート校に殴り込み!?
電撃コミックレグルスほかにて
コミカライズ好評連載中!
漫画:田辺狭介
剣と魔法と学歴社会
～前世はガリ勉だった俺が、今世は風任せで自由に生きたい～